JN419652

그날,
우리의 시간은 거꾸로 흘렀다

그날,
우리의 시간은 거꾸로 흘렀다

정재룡 장편소설

생각의창

이 글을 한국 노동법학과 노동경제학의 선구자인

존경하는 선배 고故 이영희 교수와

외우畏友 고故 박훤구 박사 영전에 바친다.

차례

프롤로그

뜨거운 햇살 아래, 검은 아스팔트와 흰 보도블록이 강렬한 대조를 이루며 길게 누워 있었다. 거추장스러운 포대처럼 나를 길바닥에 부린 시골 버스는 어느새 멀리 가버려 버스의 뒷모습이 한 점으로 보일 정도로 까마득했다. 먼지도 거의 일지 않았고, 동남아시아에서 가장 잘 정리되어 있다는 싱가포르의 도로보다 더 깨끗했다. 일본의 온천지로 유명한 어느 소도시에 와 있는 분위기였다.

카카오 지도로 남양주시 수동면의 지방도를 운행하는 버스 노선을 여러 번 확인했는데도 내릴 곳을 두 정류장이나 지나쳐 있었다. 정류장에 잠시 멈췄다가 막 출발하려는 버스를 세우고, 버스 기사의 툴툴거림을 뒤통수에 받으며 가까스로 버스에서 내렸다. 하지만 뒤를 돌아보니 시골길을 되돌아가는 일은 그리 쉽지 않아 보였다.

"주말을 기다렸다가 딸애 차로 요양병원에 가는 게 어때요?"

아내의 이런 권고를 단칼에 거절한 것을 나는 처음으로 후회했다. 두 딸과 사위들이 모두 맞벌이라 한때는 돈 모으기 수월하다며 좋아했지만, 정작 필요할 때 부려 먹기는 여간 힘든 게 아니었다. 그리고 친구가 방문 요청 날짜를 이날로 잡은 것은 분명 이유가 있으리라 짐작했다.

반대 방향으로 가는 버스가 오려면 꽤 오래 기다려야 할 것 같아 택시를 부를까 하다가 이내 포기했다. 요양병원으로 가는 시골길이 호젓해 보여서 좋았고, 아직은 초록이 빛을 잃지 않은 막바지의 여름 들녘을 바라보며 걷는 것도 괜찮겠다는 생각에서였다.

"오늘, 만 보 걷기는 오가면서 자연스럽게 해결되겠네!"

아침에 집을 나오면서 호기롭게 했던 말이 생각났다. 나는 매일 만 보씩 걷는 목표를 세우고 몇 년째 실행하고 있다. 말이 쉬워 만 보 걷기지, 매일매일 이 걸음을 채운다는 게 그리 쉽지는 않다. 하지만 오늘처럼 걷기 좋은 풍광을 만났을 땐 이 '만 보 걷기'라는 숙제가 자연스럽게 해결되곤 한다.

가을이 가까이 다가온 9월에 들어섰음에도 날은 여전히 뜨거웠다. 올여름 뉴스에서는 열대야 지속 기록 갱신을 여러 번 보도했다. 이제 열대야는 끊겨 밤에는 제법 선선했지만, 한낮에는 섭씨 30도 가까이 기온이 올라갔다.

가로수들이 제법 긴 그늘을 드리우고 있어 그나마 다행이었다. 그리고 도로 옆 작은 실개천을 보며 걷는 것도 작은 즐거움이었다. 물이 줄어 밑바닥의 상당 부분을 웃자란 풀들에 빼앗긴 개천도 햇살 아래의 나만큼이나 힘겨워 보이는 모양새였다. 하지만 하천 정비가 잘 되어 있어 산책로는 깔끔했다.

요즈음 가끔 친구들과 교외로 나가 남한강 강변길을 걷곤 한다. 걷다 보면 독일의 라인강 연변에 펼쳐진 코블렌츠 가도의 아름다운 풍광을 보는 것 같은 착각에 빠질 때가 많다. 특히 두물머리 강변 산책로를 걸을 때는 여기가 우리가 알고 있는 그곳이 맞는지 헷갈릴 정도로 풍광이 아름답다. 이런 풍경을 사진으로 찍어 미국에 사는 친구들에게 보내면 한국에도 이런 곳이 있느냐며 다들 놀라워한다.

오늘 아침 김완구 부인과 통화할 때 들은 말로는 대한은행에 다니던 이경욱도 온다고 했다. 이경욱은 대한은행을 떠난 이후 영국에 있다가, 외국계 투자은행 CEO로 취임해서 매우 활발하게 활동하고 있었다. 이경욱도 함께 만난다면 실로 오랜만에 셋이서 만나는 셈이었다.

이런저런 상념에 젖어 걷다 보니 주위의 아름다운 경치도 어쩐지 한가롭게 보였다. 이경욱은 어떻게 변했을까. 언뜻 생각해봐도 거의 십 년이 넘는 세월 동안 오붓하게 둘이서 대화를 나눠 본 일이 없는 것 같았다. 나는 공직을 떠난 후로 대학의 석좌교수로 일했다. 석좌교수지만 경제법 등세 과목이나 학부 강의를 맡고 있어서 정신없이 바빴다. 전임교수 출신이 아닌 나로서는 학사일정을 쫓아가는 것 자체가 버거웠다. 이렇게 서로 완전히 다른 분야에서 자기 일로 바쁘게 지내다 보니 이경욱과 특별히 만날 일이 없었다.

조금 있다 셋이서 만날 생각을 하자, 대한은행 다닐 때의 이경욱과 노동조합 사건이 기억 저편에서 내 앞으로 불려왔다. 이경욱을 설득하느라 김완구와 함께 열을 올리던 모습도 현실감 있게 떠올랐다. 이경욱의 패기만만하고 열정적이지만 다소 우직했던 모습이 어른거려 나도 모르게 피식 웃음이 나왔다.

아무것도 아닌 일 가지고 흥분하던 우리였다. 젊었을 때니까, 그야말로 혈기가 왕성했을 때니까 그럴 수 있었다. 그때 일을 떠올리며 걸어서 그런지 꽤 되는 요양병원까지의 거리가 그리 멀게 느껴지지 않았다. 지루하지도 않고 힘도 들지 않았다. 그냥 편안하고 좋았다.

1

회상

　어느 날 대한은행 총재 비서실장으로 있는 김경태 선배로부터 전화가 왔다. 1992년 조순영 박사가 부총리를 퇴임하고 대한은행 총재로 부임한 지 얼마 지나지 않은 8월 말이었다.

　"조순영 총재께서 주요 언론사 경제부장들과 관악산 등산을 가게 됐소. 정 국장이 기자들을 안내하며 대변인 역할을 맡으면 어떻겠소? 내가 언론인과 유대 관계가 별로 없어서 말이야…. 아무래도 경험이 많은 정 국장이 좀 도와주면 고맙겠는데."

　김경태 선배는 대한은행에서 엘리트로 정평이 난 인재였

다. 깔끔한 매너와 원만한 성품 덕분에 많은 후배들로부터 존경받는 선배이기도 했다.

"제가 가면 총재님이 불편하시지 않을까요?"

"총재께서 정 국장을 데리고 왔으면 좋겠다고 직접 말씀하셨소."

"아, 그런가요? 그럼 가야지요."

참가하는 경제부장 명단을 보니 조순영 박사의 부총리 시절 출입 기자들이 대부분이었다. 내가 왜 차출되었는지 짐작이 갔다. 내가 조순영 부총리 대변인을 할 때 과천 경제 부처의 기자들이 내게 '명대변인'이라는 별칭을 붙여 줬던 터였다. 그만큼 나와 기자들과의 관계는 상당히 좋았다.

그때 언뜻 대한은행에서 근무하는 고등학교 동기생들이 생각났다. 이 기회에 그 친구들을 조순영 총재께 소개하고 싶었다. 김경태 선배에게 전화를 걸었다.

"이경욱 과장이나 이상민 과장을 등산 모임에 참가시켜 도 될까요?"

"물론이에요. 공식 행사가 아니니 정 국장 마음대로 해도 괜찮아요. 이왕이면 등산 행사 자체를 정 국장이 주관해주 면 더욱 좋겠어요."

이경욱은 내 고등학교 동기이자 서울대학교 동문이었다.

나는 서울대학교 법대를, 그는 서울대학교 상대를 나왔다. 내가 행정고시에 합격한 후 오랜 경제관료 생활을 하면서 종종 어울리는 친구이기도 했다. 그와 나는 교유를 넘어 우리 사회가 안고 있는 경제·사회 문제에 관해 각자의 경험을 공유하면서 심도 있게 토론하는 사이였다.

나는 행정고시 합격 후 정부에서의 첫 임관을 노동청(현 고용노동부 전신)에서 시작했다. 당시 젊은 지식인 사이에서 자주 화두가 된 건, 눈부신 경제성장에 뒤따라 반드시 찾아오게 되는 빈부격차 문제와 노사 관계에서 오는 사회적 갈등 문제였다.

나는 노동청에서 이른바 '종손계장'이라고 하는 노정계장(노동청 노정국 노정과 노정계)을 한 후 정부의 인사 교류 정책에 따라 경제기획원으로 자리를 옮겼다. 경제기획원에서 관료로서 커리어를 쌓다가 조순영 부총리의 대변인을 했다. 그리고 그때(김경태 선배의 전화를 받은)는 경제기획원 산하 공정거래위원회에서 국장 보직으로 일하고 있었다.

조순영 박사가 부총리에 취임할 때는 경제기획원 물가총괄과장으로 있었다. 국장으로 승진하고 부총리 대변인으로 조순영 부총리를 직접 보좌하면서 인연을 맺었다. 관계官界에서는 상사로, 사석에서는 스승으로 모시던 터였다.

조순영 박사는 미국의 명문 보든대학교를 졸업하고 버클리 대학원에서 경제학 박사를 취득했다. 사회과학 분야에서 동서양을 아우르는 석학으로 인정받으며, 나라 경영에서도 남다른 철학과 경륜을 겸비하고 있었다. 더욱 놀라운 건 서울대학교 중어중문학과 교수들과 한시漢詩 교유 모임을 가질 정도로 한학에 조예가 깊다는 거였다. 그만큼 조선조의 고명한 선비나 유학자처럼 느껴질 때가 많았다.

그런 조순영 부총리가 경제기획원을 떠난 뒤 2년이 지나 대한은행 총재로 부임했다. 그리고 공정거래위원회 국장으로 있는 나와의 재회가 등산 행사로 이어지려 하고 있었다.

"김 선배님, 대한은행 임원들도 참여하는지요?"

"공식 행사가 아니니 저와 정 국장만 참가한답니다."

"잘 알았습니다."

이경욱과 이상민에게 연락한 후 조순영 총재를 찾아뵙고 행사 계획을 보고드렸다. 은발, 흰 눈썹은 여전했다. '산신령' 별명 또한 유효했다.

"이경욱 과장, 이상민 과장도 동참하기로 했습니다."

"고등학교 동기들인가?"

"예, 그렇습니다."

"이경욱 군도 온다니 잘됐어. 나도 보고 싶었는데."

경제기획원에서는 과장이면 누구나 부총리께 직접 소관 업무를 보고할 수 있었다. 그래서 웬만한 과장은 물론이고 사무관들도 부총리를 자주 뵐 수가 있었다. 그런데 대한은행은 그렇지 않은 모양이었다. 경제기획원과 대한은행은 조직 문화에서 차이가 있는 것 같았다.

"이경욱 과장을 잘 아시는지요?"

"며칠 전에 서울대 정운일 교수로부터 이경욱 과장 이야기를 들었어. 대단한 친구라 하더구만."

이경욱이 대한은행에서 무슨 일을 했는지 특별히 귀담아들은 이야기가 없던 나는 왜 그런지 궁금했다.

"이경욱 과장에게 무슨 일이 있는지요?"

조순영 총재는 나를 힐끗 쳐다보더니 말씀을 이어 갔다.

"여기 대한은행의 임원들로부터 이경욱 과장에 관한 보고를 받기는 했지만, 으레 조직에서 흔히 일어날 수 있는 노동조합과의 사소한 갈등 문제로 생각했지. 그러다 정운일 교수로부터 전후 사정을 들어 보니 소송까지 가면서 이경욱 과장이 혼자 역투하는 모양이야."

"아, 그런 일이 있었습니까?"

"그게 쉬운 일이 아니거든. 노동조합과 한 개인이 소송까지 벌이면서 명예를 지키려고 고군분투한다? 얼마나 외로운 싸움이겠어. 웬만한 용기가 없으면 엄두를 낼 수가 없는 일종의 모험이야. 아니, 아니지. 보기에 따라서는 무모한 행동이지. 대단한 일을 해내고 있는 거야."

"그 친구가 정의감이 강하고 언행이 올곧습니다."

"이경욱 군은 멋있는 친구야. 상과대학에 다닐 때는 인연이 짧기도 했고, 또 조용한 학생이어서 관심 있게 보질 못했는데…."

"교수 시절부터 알던 제자군요."

"정 국장 고등학교 동기생 가운데 인재들이 많구만. 허허허!"

"저 빼고는 모두 인재입니다. 하하하!"

조순영 총재는 물 한 모금을 마시더니 말 보따리를 풀기 시작했다. 나는 순간 강의실에서 조순영 교수님으로부터 강의를 듣고 있다는 착각을 했다.

"자본주의 경제의 고도화에 따라 현대적인 의미의 시민 사회에서 노동조합이 차지하는 영향력이 매우 커졌어! 개인의 생존권이 정부의 공권력이나 자본가로부터 부당한 침해를 받지 않게 하는 보호막 역할을 노동조합이 해온 건 사실이야. 또 노동자들은 노동조합의 구성원으로서 안주할 수 있다고 생각하며 공생관계를 유지해왔고. 그렇게 힘을 실어 주는 바람에 노동조합이 근대 산업사회에서 차지하는 위치가 높아졌다고 봐야 해."

조순영 총재가 힐끗 나를 봤다. 내가 강의실의 학생 같은 자세로 듣고 있는 모습이 만족스러웠는지 강의하듯 말씀을 다시 이었다.

"이와 같은 발전 과정을 거치다 보니 현대 사회에서는 노동조합의 정치·사회적 영향력이 무시할 수 없도록 커졌어. 노동조합이 회사 내에서 하나의 권력이 된 것은 물론이고 사회적으로도 막강한 정치권력으로 부상했지. 그러다 보니 조지 오웰의 《동물농장》에서 일어났던 현상이 현실에서도 나타난 거야. 노조와 조합원의 권력관계에서 조합원 개인의 인권이 노조에 의해서 제한을 받는 일이 생긴 거지."

"노조 이외의 시민단체는 어떻습니까?"

"근대 산업사회의 발전에 따라 정부나 의회에 대한 압력 단체 역할을 자임하는 많은 시민단체들이 생겨났지. 그리고 이러한 시민단체들은 정치적인 영향력이 커짐에 따라 처음 설립 취지와는 달리 정치권력화하게 됐고. 구성원인 시민들에게는 정부와 엇비슷한 새로운 공권력으로부터 부당한 인권침해와 제한을 받는 사건이 많아지게 된 거지. 예컨대 수입 쇠고기 불매 운동처럼 생산자 단체의 거대한 힘에 밀려서 일반 소비자인 시민들이 불이익을 당하는 일이 많아지는 것과 같은 맥락이라 할 수 있어.”

조순영 총재는 잠시 뜸을 들인 후 강의하듯 말을 계속했다. 배석하고 있던 김경태 선배가 허리를 곧추세우고 경청했다. 평소 금융 전문가들 사이에서는 논의의 대상이 아닌 주제가 대화의 화두가 되어서 그런 것 같았다. 그는 대학 다닐 때 강의 시간에 들었던 내용이 생각나는지 간간이 고개를 끄덕이기도 했다.

“생산자 단체는 언론이나 정부, 의회에 막강한 영향력을 행사할 수 있지만 일반 서민들인 대중, 이른바 소비자들은 그만한 결속된 힘이 없거든. 예컨대 우리나라 소비자 단체는 여성단체가 부수적 사업 수준에서 소비자 보호 운동을 하는 정도야. 그래서 정부가 대변해서 서민들이 대부분인 소비자 정책을 추진하는 거야. 권익도 보호하고.”

조순영 총재는 자신도 모르게 대화가 강의식으로 흐른 것을 느꼈는지 목소리를 낮췄다. 내가 생각해도 총재실이 강의실 같은 열기로 가득 차 있었다. 조순영 총재가 부총리로 계실 때 나와 단둘이 있게 되면 그랬듯이, 기자들과 사적인 분위기가 조성되면 교수와 학생들 사이에나 있을 법한 대화가 전개되곤 했다. 나는 법대를 다녔기 때문에 상과대학에 계셨던 조순영 총재께 직접 가르침을 받지는 않았다. 하지만 지금은 존경하는 스승으로 모시며 가끔 '선생님'이라는 호칭이 나도 모르게 나올 때가 있어 당황하기도 한다.

"이경욱 과장과 노조와의 갈등을 그 자체로 보면 사소한 사건이라 할 수 있지. 하지만 지금까지 내가 말한 관점에서 보면, 어느 조직의 일개 개인이 조직 내의 거대한 권력이라 할 수 있는 노조와 맞붙어서 이겨 낼 수 있느냐 하는 문제로 볼 수 있지 않을까. 회사 내 조직원으로서 개인의 기본권이 조직 내의 경영층이 아닌 자신들이 만들어 낸 또 하나의 권력인 노조로부터 침해를 받은 거잖아. 자신의 기본적인 권리를 방어하기 위해 직접 자력구제를 할 수 없는 개인이 사직 당국에 고소·고발로 호소하게 된 사건이야. 사안의 모양새가 개인의 고유한 기본권이 부당하게 침해당한 전형적인 사건으로 돼버렸지. 이번 이경욱 과장의 사안은 흥미롭기도 하지만, 심각한 상황으로 전개될 수도 있어서 내가 관심을 가지고 보고 있네."

조순영 총재는 한숨을 쉬었다가 결론을 내리듯, 자신과 《경제학 원론》을 공저共著할 정도의 수제자인 정운일 교수로부터 들은 이야기를 간략하게 말했다.

"일전에 정 교수도 비슷한 견해를 밝히더군. 사건이 당사자 간에 조정이 안 되는 바람에 쟁송으로까지 발전했다고. 아마도 이러한 관점에서 사안이 의미하는 바가 커졌기 때문에 법원에서도 신중히 검토하겠지….”

조순영 총재는 강의에 심취한 학생처럼 다소 멍한 표정이 되어버린 김경태 선배와 나를 번갈아 바라보더니 말을 계속 이어 나갔다.

“조영래, 김근태, 손학규 군도 동기라면서? 정 국장 주위에는 용기 있는 친구들이 많구만. 나도 젊은 시절, 제일고보 다닐 때는 그런 용기랄까 뭐랄까 하는 기백이 좀 있어서 부모님 속을 엔간히 썩였지. 제일고보에서 제적당해 숙부가 계신 평양으로 가 평양고보에 다녔으니….”

“그때 평양고보의 동기생이 김진길 교수님이시죠?”

“그렇다네. 아버님은 내게 ‘불령선인’이라는 딱지가 붙을까 봐 걱정을 많이 하셨다네. 젊은이들이 용기가 있으면 그 나라와 민족은 강해지고 발전하게 마련이지. 좋아! 이번 관악산 산행이 의미가 있겠어. 패기 넘치는 언론계 기자들과도 이야깃거리가 많겠고. 정 국장이 그날 수고 좀 하게나.”

“그날 관악산에서 잘 모시겠습니다.”

조순영 총재의 이야기를 듣고 언젠가 김완구, 이경욱이랑 셋이서 술 한잔하며 의견을 나눴던 대한은행 노사문제가 기억이 났다. 나는 그때 노동조합이 있는 조직에서는 어디에서나 흔하게 일어나는 사소한 일인 줄 알았다. 그래서 그 이후 별다른 관심을 보이지 않은 채 그냥 흘려보냈다. 노동청 노정계장을 지냈던 나는 당시 이경욱에게 노동조합의 생리에 관한 내 경험담을 들려줬다. 노동조합과의 갈등이 있으면 참고하라고 이야기한 건데 그 내용은 이렇다.

내가 노동청 노정계장으로 있을 때 하루는 직속상관인 이연홍 노정국장이 나를 불렀다.

"정 계장, 이윤희라고 자동차 노조 쟁의부 차장이 자주 오잖아? 정 계장과 법대를 같이 다녔다고 하던데"

"예. 고등학교 4년 선배고, 대학원은 같이 다녔습니다. 서울대에서 한일회담 반대 주역을 했던 정치학과 중심의 민족주의비교연구회(민비련)와 쌍벽을 이루는 법대의 동숭학회 회장 출신입니다. 후배들이 많이 따랐지요. 그런데 그 형한테 무슨 일이 있나요?"

"아니 특별히 무슨 일이 있는 것은 아니고, 사람이 순수하고 이상이 높더구만. 그런데 이 차장이 노동계 현실을 잘 모르는 것 같아서. 그래서 말인데 정 계장이 지금부터 내가 걱정하고 있는 얘길 잘 듣고 공감하면 이 차장에게 조언 좀 해주게

나.”

“예, 알겠습니다. 그 형한테 도움이 될 일이면 언제든지 얘기할 수 있습니다.”

“그럼, 자리에 앉아 봐.”

이 국장은 내게 소파를 가리켰고 나는 4인용 소파에 가서 앉았다. 이 국장이 1인용 소파에 앉아 담배를 꺼내 물었다. 우리 둘은 직장의 상하 관계였지만 학교의 선후배 관계이기도 했다. 이 국장은 나를 후배로서 많이 아껴 줬다. 담배를 한 모금 빨고 나서 길게 내뱉고는 편하게 말을 풀어 갔다. 당시엔 사무실에서 담배를 피우는 것이 당연시될 때였다.

“노동운동은 현실적으로는 하나의 정치 행위고, 노동조합은 그 행위를 하는 집합체로 봐야 하거든. 그런데 노동조합은 조합원과 사실상의 비조합원, 그리고 노동조합의 활동을 도와주는 전문가로 구성돼 있어. 이윤희 씨는 노동조합의 필요에 의해 고용된 전문가지. 바꿔 말하면 이 차장은 노동조합 구성원이기는 하지만, 태생적인 한계가 있어서 노조의 주류에 들어갈 수가 없다는 거야. 한국노총 이승기 사무총장도 회계사로서 노동운동을 하고 있지만 노총 위원장은 될 수가 없어. 고용된 샐러리맨이기 때문이지.”

이 국장은 말을 하다 말고 내 표정을 살폈다.

"뭐 급한 일은 없지?"

"예, 시간 괜찮습니다."

"그럼, 여유를 갖고 본질 문제를 꺼내 보겠네. 노동조합은 회사의 주체가 소속 조합원이라는 의식이 있고, 언젠가는 경영에 참여해서 명실공히 회사의 주인 역할을 할 거라는 욕구가 강하지. 조합원은 이익 공동체로서 다른 구성원에 대해 주인으로서의 우월 의식과 배타성이 뚜렷하다는 건 정 계장도 잘 알 거야. 현재 스웨덴 등 북유럽과 독일을 중심으로 커다란 논의와 사회적 쟁점이 되고 있는 경제적 민주주의Economic Democracy 운동에 관해 들어 봤을 거야. 이 경제적 민주주의가 종국적으로 지향하는 것은 '노조의 경영 참여'라고 봐야 하거든. 내 말이 틀렸나?"

"옳은 지적입니다."

내 말에 힘을 얻은 듯 이 국장은 서구 노동운동의 동향에 관해 계속 말을 이어 갔다.

"독일처럼 제조업 중심의 산업 구조에서는 노조의 경영 참여가 널리 확산되면서 Economic Democracy 운동 때문에 기업이나 산업이 국제 경쟁력을 잃을 수밖에 없어. 유럽의 전문가들은 이 운동이 지난 십여 년간의 실험 끝에 아마도 조만간 실패로 돌아갈 가능성이 크다고 보고 있다네. 그런데도 우리나라 노동계는 산업계와 마찬가지로 아주 초보 수준의 노동시장 구조를 갖고 있음에도 유럽 선진 제조업 강국에서 일어난 전철을 그대로 밟으려 하고 있어. 대표적인 것이 도시산업선교회야. 이른바 이 '도산 운동'이 젊은 운동권 사이에서 인기를 끌고 있는 건 정 계장도 잘 알 거야. 내가 보기에 독일에서처럼 실패하리라고 봐. 도산이 기업의 사업장에 침투하면 그 회사는 얼마 안 있어 망해서 문을 닫게 되는 바람에 '도산이 도산을 만들어 내는 존재'로 인식되고 있잖아?"

"노조는 모체인 기업이 있어야 공존할 수 있잖습니까?"

"당연하지. 기업이 사라지면 노동운동도 갈 길을 잃어버리지 않겠어? 지금 우리나라는 경제개발을 시작한 지 얼마 되지 않았기 때문에, 국민 전체를 고려하면 일자리를 만들어 내는 게 최우선순위여야 해. 그래서 생산의 주체인 기업의 활력을 제한할 수 있는 노조의 지나친 활동은 결국에는 정치의 희생물이 될 수밖에 없다는 이야기가 성립되지. 안 그래?"

"일리가 있는 말씀입니다. 저도 그런 부분에 대해 생각해 본 적이 있습니다."

"그래. 정 계장도 대학에서 공부했을 터고, 노동청에 와서 실무도 많이 하고 있고, 또 누구보다 유능한 관료이니 그게 우리나라 노동문제의 현실이라는 것을 잘 알 거야. 일자리가 사라지는데 여론이 동조하겠어? 노동문제가 우리나라 같은 개발도상국에서는 결국 정치 문제로 비화될 수밖에 없거든. 지금 같은 유신 체제하에서는 매우 어렵다고 봐야지."

"이윤희 선배에게 전해줄 충고는 무엇인지요?"

"이윤희 씨가 순수하고, 학생운동을 해서 정치적인 감각도 있는 것 같은데 재주가 아까워서 그래. 내가 생각하기에 이 거친 노동운동계에서 살아남으려면 이론만으로는 안 되고 풀뿌리 근성도 있어야 하거든. 엉뚱한 사건에 휘말려 희생양이 될 수도 있으니 이윤희 씨에게 잘 얘기해주라고. 평생 월급쟁이 역할에 그치는 노조 참모로서만 살 것인지 고민해보라고 말이야. 정 계장도 지금 내 얘기를 명심해서 장래 진로를 생각하라고. 하기야 노동운동과 노사 행정은 다른 것이니 정 계장 걱정은 안 해도 되겠지만…"

내 선배이지만 이윤희 차장의 선배이기도 한 이 국장은 말 끝을 흐렸다.

당시 한일회담 반대 시위가 잠잠해지자 한국비료의 사카린 밀수 사건이 터졌고, 또 '전태일 분신 사건'이 이어졌다. 노동 문제와 재벌 문제가 큰 이슈가 될 수밖에 없는 상황이었다. 안정되어 가던 대학가가 다시 동요하고 술렁이기 시작했다. 의식화 교육을 받은 많은 대학생들이 노동 현장에 뛰어드는 방편으로 용접공, 선반공 등의 기술을 익혔다. 그러고는 단순 기능공으로 기업에 위장 취업했다. 그들은 노동 현장에 뛰어들어 노동조합을 만들고, 근로자들에게 투쟁 방법을 알려 주며 노사 관계를 이슈화하는 데 진력했다.

그러나 시간이 지나면서 그들의 위장 취업이 또 다른 노동 문제로 확대되어 정치적으로 이용당한다는 사실이 알려졌다. 지식인들의 하급 노동자로서의 위장 취업은 이러한 태생적 한계 때문에 노동운동 현장에서 깊이 뿌리를 내리지 못했다. 그들은 다시 정치투쟁 현장으로 돌아갔다.

노동자들은 근본적으로 자신들과 같은 계층이거나 출신이기를 원한다. 그래야만 노동시장에서 동지로서의 유대감을 암묵적으로 공유한다. 그런데 지식인들은 대부분 이런 노동 현장의 의식이나 감성의 차이에 따른 이질감을 간과하는 경향이 있다. 그런 측면에서 위장 취업을 통한 노동운동은 실패할 수밖에 없었다.

이 국장의 훈화를 듣고 저간의 노동운동의 속성과 본질을 알게 된 나는 1년 후 노동청을 떠나 경제기획원으로 자리를 옮겼다. '자의 반 타의 반'이었고, 정부의 인사정책에 따른 것이었지만 미련은 없었다. 나로부터 이 국장의 말을 전해 들은 이윤희 선배도 본인 나름의 판단이 있었겠지만, 어쨌든 얼마 후 노동계를 떠나 독일로 유학을 갔다.

독일에서 노동법을 공부한 이윤희 선배는 귀국해서는 인하대학교에 적을 두고 노동계 발전에 큰 역할을 했다. 그리고 후에는 노동부 장관을 지내기도 했다.

내가 이경욱에게 내 경험담을 이야기한 건 사실 다음과 같은 말을 하고 싶어서였다.

"노동조합의 조직적 특성은 조합원끼리는 공동의 경제적 이익 집단이어서 단결력이 강하고, 조합원이 아닌 회사 구성원에게는 배타적이라는 점이다. 특히 노동조합의 간부는 약한 근로자를 대변한다는 도덕적인 우월감과 더불어 비조합원에 대해 적대감을 가지고 있어, 상식적으로 이해가 안되는 행동을 할 수도 있으니 조심해서 대처해야 한다."

조순영 총재의 말을 통해 알게 된 사실은 몇 년 전 김완구와 함께 들었던 바로 그 일, 대한은행 노동조합과 이경욱의 갈등이 하나의 사건으로 발전되어 큰 문제가 되고 있다는 것이었다. 한국개발연구원KDI 수석연구원인 김완구는 노동경제학을 전공한 박사로 내 고등학교 동기였다. 나와 자주 어울렸지만 나보다는 이경욱의 노동조합 관련 일에 관심이 더 많은 것 같았다.

얼마 후 '대한은행 간부 사직 당국에 노조 고발 채비…임원진 만류 진땀'이라는 제목의 〈서울경제신문〉 기사를 봤다. 기사에는 이경욱의 코멘트가 실려 있었다.

"지난해 11월 청와대가 대한은행 노사문제를 진상 조사한다고 하자 총재를 비롯한 임원진은 노조 간부들의 인사 조치 등 제재를 준비했습니다. 그런데 시간이 지나면서 유야무야되고 말았습니다."

이경욱은 기사에서 기관이 필요한 조치를 취하지 않아 제3자 입장에서 노동조합을 사직 당국에 고발할 수밖에 없다는 의견을 피력했다.

이경욱과 노동조합의 문제가 처음 생기고 벌써 시간이 꽤 지났다. 그런데도 아직 해결의 실마리가 보이지 않았다. 얼마나 참기 힘들었으면 사직 당국에 고발했을까. 그 기간에 은행 내에서 받았을 심적인 고통은 또 얼마나 컸을까. 인사상 불이익도 이제부터 심하게 불어닥칠 것 같았다. 그가 안쓰러웠다. 내용을 알아보고 도울 일이 있으면 돕고 싶었다.

마침 경제기획원 출입 기자 가운데 금융단 출입을 겸하는 한겨레 정기용 기자가 있었다. 사태의 전말을 알아보고자 정 기자에게 전화를 해서 저녁이나 같이하자고 했다. 정 기자는 노동조합에 대한 이해가 깊었다. 서울대학교 재학 시절에는 대학신문 기자로 필명을 날리기도 했다. 정의감이 투철한 기자로 정평이 나 있었다.

정 기자가 같이 금융단에 출입하는 매일경제신문사의 강민철 기자와 함께 나왔다. 그 바람에 오랜만에 단출하게 소주 한잔할 수 있는 분위기가 만들어졌다. 세상 돌아가는 이야기로 흥이 올랐다.

기자들은 공석에서는 날카롭고 버거운 질문들을 해서 곧잘 어색한 분위기를 만들기도 하지만, 사적으로 만나면 사안의 본질에 관해 허심탄회하게 이야기를 나눌 수 있어 좋았다. 이런저런 세상 돌아가는 이야기로 시간을 보내다가, 내가 갑자기 생각났다는 듯 지나가는 말투로 물었다.

"요즘 언론에 대한은행 노사문제가 기사로 뜨던데…. 이런 한국 최고의 직장에도 노사 간에 무슨 이슈가 될 만한 게 있나 봐요? 그리고 기사에 나오는 이경욱 과장이 내 친군데, 그 친구가 사건의 당사자로 노조와의 쟁송에 휘말린 것 같던데…. 거 무슨 일이에요?"

강 기자가 대답했다.

"이 과장은 내 상과대학 선배기도 해서 행 내에서 가끔 보는데, 실력도 뛰어나지만 부하 직원들 사이에서도 인기가 높아요. 얼마 전 행 내에서 비공식적으로 조사한 '바람직한 선배로서의 대한은행 맨'에 추천이 된 후보 세 명 중 한 명이기도 하고요. 그 조사에서 아마 커다란 표 차이로 1등 했을걸요. 어쨌든 평이 굉장히 좋습니다. 임원들 사이에서도 장래 대한은행 총재감이라고 할 정도로요. 정 국장하고 친구라니 고등학교 동기인 모양이죠?"

"맞아요. 고등학교 동기입니다. 나는 법대 출신이고 그 친구는 알다시피 상대 출신이라 자주 만나는 사이는 아니고. 워낙 이 과장이 수재여서 동기들 사이에서도 관심들이 많은 편이지요. 대한은행 입행 때도 수석을 해서 친구들은 그를 '이 수석'이라는 별명으로 곧잘 불러요. 그래서 경제부처에 있는 친구들은 이다음에 대한은행 출신이 경제수석이 되면 이경욱이 1순위일 거라고 기대하지요."

강 기자가 이경욱에 대해 좋게 평을 했다. 정 기자도 대한은행 내부 분위기를 전했다. 나는 덩달아 기분이 좋아져서 다소 과장스러운 표현을 덧붙였다.

"수재들의 고질병이기도 한데…. 이 과장이 유능하고, 또 다들 좋아하잖아요. 그러다 보니 대한은행의 엘리트 직원들 사이에서는 이 과장이 롤 모델인 모양이에요. 그런데 은행엔 고졸 출신 직원들, 특히 여행원들이 많잖아요. 그녀들 사이에서는 '가까이하기에는 너무 먼 당신'이라는 유행가 가사 같은 분위기도 있어요. 이 과장이 런던이랑 유럽 사무소에서 몇 년 근무했거든요. 그 티를 가끔 내는 모양인데…. 과 회식이나 직원들과의 모임에서 막걸리나 소주보다는 위스키나 와인을 마시는 회식 장소를 선호하는 것과 같은…. 일부 직원은 좋아하지만 이런 것에 거리감을 느끼는 직원들도 있을 거 아니에요? 그런데 이 과장이 소외감을 느낄 수도 있는 직원들의 분위기에 무심한 모양입니다. 옥에 티라 할까, 그런 처신의 문제가 조금 있나 봐요."

내 말이 끝나자 강 기자의 발언이 이어졌다.

"저도 비슷한 얘기를 들었어요. 외화운영과는 대한은행 내에서도 엘리트들이 많은 곳이잖아요. 외국 대학에서 박사학위를 받고 특채된 직원들도 있고. 어쨌든 국제금융시장에 항상 신경을 써야 하는 업무가 많습니다. 그러다 보니 외신기자들이 가끔 취재차 과를 방문하는데 직원들이 이들과 영어로 대화하는 모습이 자주 눈에 띕니다. 줄리아Julia라는 여직원이 있는데 세계은행에 근무한 경력도 있고 해서 외신기자 클럽 멤버십을 가지고 있나 봐요. 그래서 프레스센터에 있는 외신기자 클럽에서 이 과장이랑 직원들이 회식도 가끔 해요. 장소가 장소다 보니 자연스럽게 미국이나 유럽의 투자은행 같은 분위기가 물씬 풍기나 봅니다. 작년 연말에도 외신기자 클럽에서 이 과장이 영국에서 가지고 온 고급 싱글몰트 위스키와 와인으로 송년회를 우아하게 했다고 해요. 그때 참석한 직원들이 은근히 자랑하고 다녔나 본데, 이런 것들이 은행 내에서 선망과 시샘의 대상이 되나 봅니다."

정 기자가 강 기자의 말에 덧붙이듯 바로 말했다.

"대한은행 같은 국내 최고의 엘리트들로 구성된 조직에는 두 가지 다른 비공식 조직이 있어요. 이들은 물밑에서 아웅다웅하며 힘겨루기를 하지요. 예컨대 상고 출신들과 이른바 서연고를 비롯한 명문 대학 출신들 사이에 간극이 있게 마련이죠. 양쪽 그룹이 머리로만 따지면 거의 같은 최고의 수준인데, 가정환경 등의 이유로 학력 차가 생긴 거거든요. 그 때문에 조직 내에서 그 태생적 차이를 극복하기에는 불가능하다고 봐야 합니다. 거기에 해외에서 수학한 국제금융기관 경력자까지 보태면 보이지 않는 감정의 골이나 감성의 차이가 있게 마련이지요. 아마도 공식 조직인 노조는 상고 출신들이 주력일 겁니다. 대한은행 내에서 유능한 간부가 되려면 이 두 그룹의 독특한 감성과 행태를 잘 이해하고 조화를 이뤄 내야 합니다. 과거 김 모 총재는 임원 시절부터 누구나 알아주는 와인 마니아였어요. 대한은행 간부들 사이에 와인 붐이라고 할까, 그런 분위기가 형성된 거지요. 유독 이 과장만이 그런 건 아니라는 얘깁니다. 하지만 그렇더라도 일반 행원들과 정서적으로 괴리가 있을 수 있죠."

정 기자의 말을 듣고 내가 질문했다.

"이런 오해 받을 수 있는 처신 때문에 이번에 노조와 갈등이 불거졌을까요?"

강 기자가 고개를 끄덕이며 대답했다.

"그런 면이 있기는 해요. 이번 사건의 당사자 김명희 행원은 여고 출신 행원의 대표라 할 수 있지요. 명문 서울여상을 수석으로 나오고 입행할 때도 수석을 했어요. 또 일도 잘한다고 정평이 났고요. 김명희 본인도 자기의 롤 모델은 선린상고만 졸업하고 한국은행 조사부장을 거쳐 한국 경제의 사령탑이 된 장기영 부총리라고 늘 술자리에서 얘기한다고 해요. 지금도 모 대학원에 다니며 주경야독하는 억척스런 여걸이기도 하고요. 외화운영과에서 핵심 업무를 맡으면서도 노조의 실무적인 일은 이 미스 김이 다 하고 있다잖아요."

내가 정 기자에게 물었다.

"정 기자는 원래 노조나 사회의 소외계층에 관심이 많잖아요. 한겨레 민완 기자답게 이번 사건에 대해 뭔가 좀 아는 게 있을 것 같은데 본질이 무엇인가요?"

강 기자도 정 기자를 채근했다.

"정 선배, 나랑 특종 소스를 공유합시다요. 선배가 후배한테 인심 좀 써요. 내가 한잔 사리다."

"강 형은 김명희랑 사적으로 인척 관계라 오빠, 동생 하는 사이라며? 나, 아는 게 별거 없어. 단지 이 과장과 김명희 간의 신뢰 관계가 사소한 오해로 틈이 생겼고, 이것을 노조가 끼어들어 아무것도 아닌 사안을 사건화한 것이라고 보는 정도지. 특이한 소스는 없어요."

정 기자는 소주 한 잔을 쭉 들이켜더니 말을 이었다.

"김명희 씨가 발군의 업무 능력을 발휘해서 노조 업무에도 큰 성과를 낸 모양이에요. 두서가 없던 노조 내규를 정리하고 업무 매뉴얼을 만드는 등 1인 3역을 했다나 봐요. 그 덕분에 어느 정도 노조가 잘 돌아갈 수 있었다고 합니다. 그러다 보니 아무리 일꾼이라도 외화운영과의 본인 담당 업무 때는 지쳐 있을 거 아니겠어요. 그래서 이경욱 과장이 김명희 씨의 업무 부담을 줄여 주는 배려를 한 거예요. 노조 일 마무리할 때까지 다른 사람에게 일을 맡기면 어떠냐고.

본인도 좋다고 했고요."

정 기자의 설명에 강 기자가 눈망울을 대굴대굴 굴리며 코멘트했다.

"당사자의 의견을 물어봤으면 아무 문제가 없는 거 아니에요?"

정 기자는 소주를 다시 들이켜고 대답했다.

"이 과장이 후임자를 연봉 계약직 여직원인 줄리아로 지명하면서 사달이 났나 봐요. 이 직원은 미국에서 대학을 나오고 세계은행 근무 경력자인 엘리트로, 국제기구와의 연락 업무를 맡고 있었어요. 연락 일이라는 게 큰 부담이 있는 것은 아니니까, 김명희 씨의 후임자가 됐지요. 그런데 김명희 씨가 노조 일을 전담해보니 본인이 기틀을 다 만들어 놓아서 그런지 특별히 할 일이 많지 않았다 해요. 대한은행 노조에 무슨 새롭게 일이 많이 생기겠어요? 이러니까 본인의 후임자인 줄리아에 대해 자연스럽게 신경을 쓴 모양이에요. 그런데 줄리아가 국제기구에서의 경험을 살려 과의 다른 업무도 도와주는 등 서서히 외화운영과의 핵심 인력으로 부상한 거예요. 이 과정에서 김명희 씨와 이 과장 사이에 오해가 생겼어요. 이 과장이 줄리아를 중용하려고 노조 업무를 핑계로 김명희 씨를 과에서 밀어내려 했다는… 오해인데요. 말 그대로 논리의 비약이죠. 이 과정에서 노조가 개입하면서 사단이 벌어진 것으로 봅니다."

정 기자는 소주를 단숨에 들이켜고 나서 다시 말을 차근차근 이었다. 중요한 발언을 할 때 나오는 정 기자의 버릇이었다.

"이른바 정규직과 계약직이라는 임시직과의 갈등이라 볼 수 있어요. 그러나 내가 보기에는 조합원과 비조합원과의 대결이라는 거창한 일이라기보다는 여직원끼리의 섬세하고 감성적인 간극에서 생긴 문제 아닌가 싶어요. 그래서 내 딴에는 주의를 좀 기울이면서 세세히 살펴봤어요. 일반적으로 여직원들은 자신의 후임자에 대해서 신경을 많이 쓰는 경향이 있잖아요? 특히 후임자가 여성일 경우에는 아주 민감하지요. 그런데 시간이 지나면서 노조가 개입하게 되고 노조와 이 과장과의 싸움으로 번지게 된 거예요. 노조가 대한은행 내부 곳곳에 이 과장을 비난하는, 심지어 인신공격까지 하는 대자보를 게시했어요. 그뿐 아니라 노조 간부들이 외화운영과에 들이닥쳐 이 과장과 직원들에게 입에 담기 민망할 정도의 폭언을 퍼붓고 기물을 부수기도 했어요. 이 과정에서 일부 직원이 다치기도 한 모양이에요."

내가 정 기자에게 대한은행 경영진은 어떤 반응을 보였

는지 물었다. 정 기자는 한숨을 쉰 뒤 대답했다.

"이 과장이 김명희 씨의 업무를 조정한 일을 노조가 노조 탄압 행위라고 규정하고 폭행을 벌인 사건이에요. 경영진에서는 이 과장의 문제 제기를 받아들여 폭행에 가담한 노조 간부들을 복무규정 위반으로 징계하기로 결정했어요. 그리고 징계 절차를 진행하고 있었고요. 아주 단순하다고 볼 수 있는 대한은행 조직 내의 내부 사안이죠. 그것도 어느 한 과에서 일어난. 이것을 노조가 적극 개입하면서 노조 탄압으로 이슈화한 거예요. 그러면서 대한은행의 노사문제로까지 비약한 거고요. 저는 기사로 크게 안 다뤘어요."

강 기자도 이 사건과 관련한 취재를 열심히 한 듯 이야기를 이어받았다.

"그 과정을 저도 정 선배와 비슷하게 알고 마무리 지으려 했는데, 피해자가 이 과장 말고 한 사람이 더 있어요. 바로 줄리아죠. 본의 아니게 사건의 당사자가 돼버린 줄리아는 시간이 지나면서 계약직 신분이라 노조로부터 여러 형태의 보이지 않는 압력을 받았다고 해요. 이 과장과 노조의 갈등을 넘어 쟁송으로까지 문제가 커지자, 대한은행을 그만두고 다시 세계은행으로 돌아갔다나 봐요. 대한은행으로서는 또 한 명의 아까운 인재를 잃어버린 셈이지요."

강 기자의 지적에 정 기자도 고개를 끄덕였다. 강 기자는 소주를 홀짝 마시고 말을 이었다.

"그래서 한겨레에서 기사로 다루지 않았군요. 역시 정 선배는 사건의 본질을 꿰뚫어 보는 안목이 대단해요. 저도 그런 점이 걸려서 기사화 안 하고 있었기는 해요."

정 기자가 목소리를 높여 발언했다.

"노조 간부에 대한 징계가 흐지부지됐지요. 이경욱 과장이 임원진에게 수차례 호소했고 총재에게까지 보고도 다 됐다는데 요지부동이니, 사법 당국에 제소를 할 수밖에 없었던 거죠. 이제는 이 과장과 대한은행 경영진과의 갈등으로까지 보이게 됐어요. 이 과장으로서는 안팎의 시선이 부담스럽고 답답할 거예요. 이렇게 비화하니 언론에서도 다루게 된 거고요."

정 기자의 말이 끝나기 무섭게 강 기자가 바로 말을 받았다.

"대한은행은 정부 쪽 눈치를 볼 수밖에 없잖아요. 항상 신경이 예민하죠. 노조와 마찰이 있으면 유사시에 힘을 받쳐 줄 한 축이 없어지게 되니까, 경영진 입장에서는 되도록 노조와의 갈등이 없기를 바라지요. 노조와의 관계를 잘 이끌어 나가야 하는 이유가 거기에 있어요."

내가 두 기자의 대화 틈새를 끼어들며 말했다.

"대한은행이 금융단 출입 기자단에 공을 많이 들이잖아요. 대한은행 독립성을 지지해줄 한 축이 언론이어서 그렇겠지요. 중앙은행으로서의 독립성 논쟁에 힘이 돼주는 두 축이 언론과 노조인데, 대한은행 수뇌부는 노조와의 관계에서 이 점을 간과할 수 없을 거예요. 대한은행처럼 임금이나 복지가 최고 수준인 직장은 국내에서 공기업과 사기업을 통틀어 없지 않나요? 그래서 그런지 노조와의 갈등이나 불화가 별로 없어요. 이번 사건도 대한은행 경영진은 이 과장이 원하는 대로 노조를 다루면 안 된다고 보는 것 같아요. 괜한 불씨를 키울 필요가 없다고 판단하는 거죠."

강 기자가 내 말에 동조했다.

"경영진에서 이 과장을 설득하고 회유했지만, 원칙주의자인 이 과장이 물러서지 않은 거죠. 그래서 결국 제소까지 하게 된 거예요."

내가 보기에도 그리 심각한 사안이 아니었다. 이경욱이 강경노선을 취함으로써 그의 앞날에 좋지 않은 걸림돌이 될 것 같다는 우려가 얼핏 들었다. 나는 두 기자를 번갈아 쳐다보며 한숨을 섞어 말했다.

"이경욱 과장은 앞으로 노조와 경영진을 상대로 2대 1의

힘겨운 싸움을 하게 되겠지요? 사법절차, 특히 민사의 경우 한없이 늘어지니까 쟁송이 끝나려면 몇 년이 걸릴 테고… 그러는 동안 이경욱 과장은 샌드위치 신세를 면치 못하겠죠? 그 고통을 이겨 낼 수 있을까요?"

두 민완 기자도 수긍하는 듯 고개를 끄덕였다. 정 기자가 마무리 발언을 했다.

"아마 매우 힘들 거예요. 대한은행 같은 보수적인 집단일수록 경영진이 융통성이 없거든요. 여하간에 이 과장 패기와 정의감은 높이 살 만한데 거기까지지요. 본인이 불이익을 감수해야 할 거예요. 자칫 정 국장이 도와줘야 할 일이 생길지도 몰라요."

얼마 후 고등학교 산우회 등산 모임에서 만난 이경욱에게 나는 노동청 재직 시의 경험담을 들려줬다. 그 내용은 이렇다.

서울 여의도 근로복지회관에 있는 노동청 노정국 노정과 노정계장으로 근무할 때였다. 나는 다른 직원들은 다 퇴근한 어느 토요일 오후에 청사 2층에 있는 노정과에서 홀로 무료하게 신문을 뒤적거리고 있었다. 27세 노동청 최연소 총각 계장으로 근무하던 시절이었다.

갑자기 복도가 소란스럽더니 삼십여 명의 작업복 차림에다 이마에 '결사 투쟁'이라는 붉은 띠를 두른 사람들이 노정과 사무실로 들이닥쳤다. 노정과 사무실 창문을 열어젖히고 창턱을 넘어 베란다에 쫙 둘러앉아 소리 높여 구호를 외쳐댔다. 나는 몹시 당황스러웠지만 사무실에는 나 혼자뿐이어서 어찌할 도리가 없었다.

전국 K 노동조합 지방분회 조합원들이라 했다. 상경 경위를 인솔자에게 들어 보니 노노 갈등의 하나라고 생각되었다. 중앙 조합과의 갈등에서 불거진 억울함을 노동청에 호소하고, 나름의 지지를 이끌어 내기 위해 노정과 사무실을 급습했던 것이다.

노동청에서 관여할 문제가 아니었다. 상부에 보고할 시간도 없고 내 재량으로 처리해도 될 것 같아 K 노조 위원장에게 전화를 걸었다.

"전남 지역의 K 노조 지방분회 근로자들이 여기에 와서 구호를 외쳐 가며 난리 법석입니다. 중앙행정기관 사무실에 와서 이렇게 난동을 부려도 됩니까? K 노조 본부에서 직접 해결해야 할 일 아닙니까? 빨리 와서 이들을 데려가시오!"

내 언성은 저절로 높아졌다.

"죄송합니다. 그 친구들이 왜 거기에 가서 소란을 피우는

지 모르겠네요."

"모르면 어떡해요?"

"아, 예. 바로 가서 조치하겠습니다."

K 노조 위원장의 목소리는 언뜻 들으면 공손했지만 나름의 강단이 있었다. 내가 큰 소리로 위원장에게 뭐라고 해댔지만, 마치 육사를 막 졸업하고 소대장으로 부임한 원리원칙주의자인 신임 소위를 대하는 노련한 소대 선임하사 같았다. 하지만 처음엔 발뺌하는 말투더니 세상 물정 모르고 원칙대로 부대를 지휘하겠다는 젊은 소대장에게 산전수전 다 겪은 선임하사도 꼬리를 내렸다. 그의 노회한 어떤 논리도 원칙 앞에서는 무용지물이었던 것이다.

조금의 시간이 지나자 K 노조 간부들이 나타나 조합원들을 "점심 먹으러 가서 얘기하자"며 달래서 데리고 나갔다. 그 기세등등하던 이들이 순한 양처럼 따라 나가며 정중하게 사과 인사까지 했다. 이렇게 K 노조 지방분회 조합원들의 침입은 토요일 오후의 해프닝으로 끝나버렸다.

그날 이십 대의 노정계장과 오십 대 초반의 K 노조 위원장과의 대화가 이후 노동계에서 전설처럼 널리 퍼졌다. 아마도 노련한 K 노조 위원장이 자신의 '유쾌한 패배'를 노조원들에게 사석에서 우스갯소리로 전했던 모양이다. '당돌한 철부지 노정계장'이라며 좀 과장해서. 고시 출신의 젊은 엘리트 관료에 대한 경외감이나 세상사에 물들지 않은 젊은이의 정의감에 심리적으로 승복할 수밖에 없지 않았나 싶다. 또 사회의 어른으로서 아들 세대의 당찬 행동에 감성적인 마음도 한몫 거들지 않았을까 싶기도 하다.

지방분회를 이용해 노동청 본청에 K 노조의 세를 과시하려 했지만, 혼자 사무실을 지키던 젊은 계장에게 원칙적인 이야기를 들으며 욕만 먹은 셈이 되었다. 이들은 노동청 간부들이 현장에 나타나거나 언론에서 관심 있게 지켜보기를 원했던 모양이다. 외부에서는 노노 갈등으로 보이지만 여러 가지 사례에서 보듯, 산업별 노조 체제로 되어 있는 우리나라에서는 산업별 중앙 노조와 분회는 막말로 한 통속이다. 이익 공동체라 볼 수 있다는 이야기다.

그때 나는 내 경험담을 말하고 나서 이경욱의 어깨를 두드리며 이렇게 마무리했다.

"대한은행 노조와의 갈등을 외부인 사직 당국에 문제를 제기하고 소송으로 갈 경우, 상급 단체인 전국 금융 노조와의 대결로 가는 것과 같네. 개인이 이들의 자금력이나 조직력, 그리고 로비력을 상대하기엔 중과부적일 수밖에 없어.

불이익을 받을 수밖에 없다는 얘기야. 유념했으면 좋겠다."

대학 시절 우리에게 법을 가르치는 교수님들이 자주 하던 말씀이 있다.

"이 세상을 살아가면서 여러분은 대부분이 법률을 다루는 분야에서 일하고 또 법을 생업으로 삼겠지만, 본인의 생활에서는 경찰서와 재판소는 피해 가며 사는 것이 현명한 생활 태도임을 각별히 유념하세요."

이 이야기는 법조계에 오래전부터 내려오는 금언 같은 말이다. 법적 절차가 시간이 많이 소요되고, 법원으로부터 쟁송에서 이겨 봐야 결과적으로 관계된 사람만 피폐해질 뿐 소득은 별로 없다는 현실적인 경험칙이다.

내 딴에는 친구로서 해줄 수 있는 조언은 다 해줬다고 생각했다. 나의 우려 섞인 이러한 충고를 듣고도 이경욱은 결연한 표정을 지으며 말했다.

"나도 사나이야. 우리 부모는 공산당이 싫어서 38선 넘어와 갖은 고생을 하며 대한민국에서 잘 버티고 살았어. 그에 비하면 지금 내 경우는 아무것도 아니지. 나도 우리 부모 닮았는지 내가 살아오면서 옳다고 생각하는 일에 있어서는, 특히 원리원칙에 있어서는 양보를 못 하겠더라고."

"그래도 때로는 유연한 태도를 보여야지."

"정 국장, 자네 조언 고마워. 앞으로 노조와의 길고 길 수밖에 없는 쟁송에 참고할게. 그렇지만 지금 나와 노조와의 분쟁으로 비치는 이 사안은 본질을 들여다보면 단순해. 대한은행 일부 노조원들의 만행에 가까운 집단 폭행에 중급 간부가 항변하는 것뿐이야. 극히 사소한 다툼에 지나지 않다는 얘기지. 이런 내부적인 징계 사안을 경영진이 우유부단하게 처신하는 바람에 삼사 년의 시간이 흘렀어. 노사 분쟁처럼 왜곡되기도 했고. 일이 이렇게 진전되자 사직 당국을 개입시키게 된 거야."

역시 수재답게 사건의 성격을 간명하게 정리했다.

"나도 노동조합에 대해서는 나름대로 이해가 깊다고 자부해. 공부도 할 만큼 했고. 자네도 알다시피 내가 대리일 때 대한은행 런던 사무소에서 삼 년여 근무했잖아. 당시 영국은 '철의 여인'이라 불리는 대처 수상이 집권했는데, 그녀가 노조의 무분별하고 지속적인 파업으로 다 망해가는 나라를 구했어. 대처 수상은 노조에 대해 원칙에 충실한 강경 대응책을 썼어. 그 시기에 런던에 근무하면서 보고 배운 게 많아."

내가 머리를 끄덕이며 맞장구를 쳤다.

"젊었을 때 현장에서 제대로 된 좋은 경험을 했구만 그래! 그야말로 보약 같은 산 교육을 받은 셈이네. 한마디로 자본주의가 발전하려면 건강한 노동조합이 사용자의 파트너로서 역할을 제대로 해야 해. 그걸 자네는 실감했군.”

“노동조합이 설립 목적에 충실하면 자본주의 경제 발전의 동반자로서 사회에 순기능을 하지만, 정치화돼서 권력 기관 지위에 집착하면 역기능을 발휘하지. 경제·사회 발전에 역행한다는 말이야. 그렇게 되면 결국 사회에 큰 부담이 되는 존재가 되고 걸림돌이 되는 거지. 나는 당시 영국 보수당과 노동당의 정책에 대해서도 나름대로 공부했어.”

나는 말없이 고개를 끄덕거려 이경욱의 말에 공감을 표시했다. 이경욱은 내 호응에 고무되었는지 다소 흥분된 말투로 말을 이었다.

“나는 나름대로 노동조합에 대해서 긍정적인 견해를 갖고 있어. 그래서 노조의 행태에 대해서 웬만큼의 무리한 경우 아니고는 이해하는 편이야. 이번 경우엔 은행 내부의 복무 위반이라고 할 사안이야. 내부 징계 수준으로 처리될 일이라는 거지. 그런데 노사 분쟁 또는 노조 탄압 운운하니까 어이가 없는 거야.”

이 발언을 마친 뒤 이경욱은 쓴웃음을 지었다. 이경욱은 그간 그의 사무실에서 일어났던 일을 말하기 시작했다. 다

음은 이경욱이 들려준 이야기를 내 입장에서 서술한 내용
이다.

어느 날 아침 출근하는데 이경욱을 비난하는 대자보가 현
관, 사무실 입구, 벽 등 여러 곳에 붙어 있었다.

외화운영과 여행원이며 단체교섭위원인 김명희의 책상을 무단으
로 치워버리고, 김명희에게 인사 조치를 하겠다며 심리적으로 위
축되게 한 행동은 노조의 단체교섭위원에 대한 탄압 행위다.

이경욱은 당혹스러웠다. 노동조합의 비난 내용이 사실과
달랐기 때문이다. 그렇지만 이경욱은 나중에 노동조합에 가
서 그 경위를 설명하면 되리라 가볍게 생각하고, 외화운영과
사무실에서 업무를 처리하고 있었다.

얼마나 시간이 지났을까. 사전 약속이나 통보도 없이 갑자
기 노동조합 전임 간부 및 단체교섭위원 10여 명이 사무실로
들이닥쳤다. 그러고는 이경욱에게 삿대질하며 격렬하게 소리
를 질러댔다. 위협적인 태도로 이경욱의 노조 탄압 행위를 열
거하더니 여러 명이 한꺼번에 질문을 해대기 시작했다. 일부
는 명패나 결재함 등을 밀쳐내 바닥에 떨어뜨리고, 이경욱의

책상에 있는 국제전화 수신용 멀티폰 전화기를 내동댕이쳐서 전화기 줄이 끊어지기도 했다. 조용하기만 하던 외화운영과 사무실이 난장판이 되어버렸다. 권위 있는 대한은행에서는 좀처럼 찾아볼 수 없는 광경이었다. 그러면서 폭언이 쏟아졌다.

"이경욱 과장! 당신은 먼저 인간이 되시오!"(조합원 A)

"이 과장, 당신을 좋아하는 사람이 없습디다."(조합원 B)

"과장 책상도 치워버려."(조합원 C)

"외화운영과에서 K 은행처럼 거액의 손실을 냈다는 사실을 알고 있다. 이번 국정감사에서 터뜨리려 했었다."(조합원 B)

"외화운영과가 그렇게 중요한 일을 해? 정말 업무상으로도 아무런 잘못이 없어?"(조합원 C)

"(인격 모독적 발언은 하지 말라는 외화운영과 행원에게) 넌 누구야! 이 쌍놈의 새끼 건방지게 끼어들고 있어."(조합원 C)

외화운영과 난동 사건에 대해 엄중히 징계해야 한다는 내부 결정이 부총재까지 결재되었다. 그런데 무슨 이유에서인지 총재가 없었던 일로 지시하면서 유야무야되었다. 은행 측에서는 직원들의 비판적인 여론을 의식했는지, 추후의 난동 사건에 대해서는 조직 기강을 바로잡기 위해서라도 엄중 처벌하겠다고 나섰다. 총재의 이런 경영방침을 인사 담당 이사가 대신해 전달했다. 적반하장이랄까. 노조는 오히려 벽보를 붙이고 폭언을 해대며 이에 반발했다.

"이 새끼들 봐라! 너희들은 몰라도 이 과장은 개새끼야!" (조합원 D)

"이 새끼야! 이 개새끼야! 이 갈아 마실 놈아!" (조합원 A)

"배 안에 병신이 어떤 건가 했더니 네가 바로 배 안에 병신이로구나. 이 과장, 너 이민 간다는 소문 있더라." (조합원 C)

"너 이민 가면 에이즈나 걸려 죽어라!" (조합원 B)

"죽여버리면 될 거 아냐! 살인을 해버려? 이경욱 과장! 충분히 살았냐? 살 생각이 별로 없나 보네? 당신 죽고 나 죽으면 억울하잖아?" (조합원 D)

누군가 플라스틱 사이다병을 던져 이경욱이 얼굴에 맞기도 했다. 조합원 C는 양주병을 여행원의 책상에 내리쳐 그 깨진 파편이 남자 행원의 손에 맞아 피가 났다. 거기서 그치지 않고 그는 양주병 파편으로 자신의 손바닥을 그어 그 피를 책상에 문지르며 자해행위를 했다. 누군가는 책상 위의 계산기 등을 집어 던지며 남자 대리를 덮쳤고 쓰러진 그 대리의 얼굴을 구둣발로 밟으려 했다. 신성해야 할 사무실이 공포 그 자체였다. 난장판이 되어버린 이 사무실을 누가 대한민국 중앙은행의 모습이라 할까. 한숨밖에 안 나오는 상황에서 노조는 아무런 행동이나 해도 되는지 이경욱은 세상에 대고 물어보고 싶었다.

이 정도는 그래도 가벼운 사례에 속했다. 차마 입으로 내뱉기 어려운 폭언과 기물 파괴, 폭행이 그날 이후로 행 내에서 여러 차례 이어졌다. 그뿐인가. 이경욱 집으로 전화해서 이경욱 아내에게 갖은 욕설을 퍼붓기도 했다. 이경욱 아내는 노이로제에 걸려 병원에 다녀야 했다. 이러한 상황을 다 알고 있는 경영층에서는 징계는커녕 수수방관했다.

이런 대한은행 경영층의 우유부단한 태도가 청와대까지 알려졌다. '대한은행 노조의 난동이 극심한데도 경영진이 이에 제대로 대처하지 않은 채 노조에 질질 끌려다니고 있다'는 정보를 입수한 것이다. 청와대 담당 비서관이 현장 확인 조사 차 대한은행을 방문하자, 그제야 경영진은 노조에 대해 원칙적인 강경 자세로 돌변했다. 노조는 노조대로 그동안의 입장을 바꿔 서둘러 단체협약을 체결했다. 노조가 그동안 벌였던 불미스러운 일을 불문에 부치겠다는 등의 미봉책에 불과했지만, 이경욱은 그래도 받아들이고 없었던 일로 생각하기로 했다.

이경욱은 심란한 마음을 다잡고 일만 열심히 했다. 그런데 얼마의 시간이 지났을 때 같은 사안을 가지고 또 노조의 불법

행동이 재연되었다. 경영진은 경영진대로 또 우유부단하게 대처했다. 이렇게 사태가 또다시 악화되는 상황에 이르자 안되겠다 싶어서 이경욱이 마지막으로 택한 것이 사직 당국에 호소하는 거였다. 경영층에서는 급기야 이경욱을 멀리 지방 지점에 발령 내는 것으로 사건을 마무리하려 했다.

어느 날 성명을 밝히지 않는 대한은행 직원이 이경욱 집으로 전화를 걸어왔다. 이경욱 아내가 전화를 받았다.

"이경욱 부지점장 부임지에 내려갔지요?"

"예. 새로 발령 받은 부임지로 내려가셨는데요."

"얼마나 속이 시원하십니까?"

"실례지만 누구신가요?"

"은행입니다."

"실례지만 은행의 어느 분이신가요?"

"이경욱이 때문에 속 썩는 사람이지 누구긴 누구겠어, XX 년아!"

"…"

이경욱은 그때의 상황을 설명하면서 치밀어오르는 분노를 참는 것처럼 보였다. 그리고 지방 발령에서부터 지금까지 일어났던 일을 차분하게 말했다.

"새로 부임한 지점에서도 노조로부터 사무실이나 집으로 밤낮 가리지 않고 전화가 왔어. 전화해서는 욕설을 퍼부어 대고는 했지. 이러한 언어폭력이나 협박을 노조가 해대는 데도 경영진에서는 징계는커녕 아무런 조치도 안 했어. 노조와 화해하라고 권유만 했지. 그리고 얼마 후 한직인 금융연수원으로 발령이 나서 서울로 올라왔어. 경영진이 엉뚱하게 나를 징계 수준의 발령을 내서 노조와 타협하도록 압력을 가한 조치였지만, 나는 받아들일 수밖에 없었어. 그러면서 내가 대한은행에 입행하면서 가지고 있던 꿈, '대한은행 조사부장'을 접을 수밖에 없겠다는 생각을 했지. 내 꿈을 실현하기 위해서 갖은 고생을 하며 노력했는데… 모든 일이 수포로 돌아갔다는 생각이 들더군. 절망감 속에서 하루하루를 보내며 사직 당국의 처분만 기다리는 신세가 된 거야. 남들이 보면 대수롭지 않은 일로 은행을 시끄럽게 하고… 그래서 자업자득이라 하겠지만, '원칙에 어긋나는 일과는 타협하지 않는다'는 내 인생 좌우명을 끝까지 지켜 냈다는 자부심은 남았어. 그것만으로도 족하다는 생각을 하고 있어. 혹자들은 '대한은행 조사부장을 거쳐…'라는 게 인생을 걸 만한 무슨 대단한 일이냐고 웃을 수도 있지. 그렇지만 나에게는 홍릉에서부터 간직해왔던 인생 승부수였어. 이제 와서는 첫 단추를 잘못 꼈다는 회한에 사로잡히기도 해. 사직 당국에서 어떤 결정이 나도 내 커리어에 흠으로, 씻을 수 없는 상처로 남겠지. 내 인생의 진로를 바꿀 수밖에 없다는 생각이 들어 몇 날 며칠을 잠도 못 자고 고심했지. 너무나 외로웠어. 그렇지만 나 이경욱은 '이경욱다워야 한다'고, '불의와는 절대 타협하면 안 된다'고 마음을 다잡았지."

나는 이경욱이 사려 깊게 일을 잘 처리한다는 생각이 들었다. 지난번 이경욱에 관한 조순영 총재의 말씀을 이야기했다. 그리고 이상민 과장과 함께 등산 모임에 꼭 참석하라고 말했다.

"조 총재님께 괜한 심려를 끼쳐드린 거 같아 죄송하네. 조 총재님의 말씀을 격려로 간직하고 조직에 누가 되지 않도록 유념해야겠지?"

이경욱은 입가에 보일락 말락 잔잔한 미소를 띤 채 조용히 말했다.

2

편린

그 후 나는 이경욱에게 친구 이상의 관심을 갖게 되었다.
내가 모르는 그의 다른 면모가 있을 것 같아서였다. 이경욱
과 같은 상과대학에 다닌 고등학교 동기들이나 주위 친구
로부터 이경욱의 학창 시절 일화를 들을 수 있었다. 그 몇몇
기억의 편린들을 소개해본다.

그 당시의 서울대학교 상과대학은 서울 변두리랄 수 있는
홍릉 근처 종암동에 교사가 자리 잡고 있었다. 전신인 경성고
상이 있던 자리로, 건물 또한 옛 경성고상 건물을 그대로 사용
하고 있었다.

경성고상은 일본인 위주로 학생을 선발했으므로 한국 학생들은 전체의 20% 정도밖에 되지 않았다. 당연히 경성고상 출신의 선배들도 서울 법대나 문리대에 비하여 상대적으로 적은 편이었다. 바꿔 말하면, 한국 사회에서 서울 상대의 세가 아직은 그렇게 크다고 할 수 없는 시절이었다. 더욱이 일제는 식민지 경제를 이끌어 갈 한국인 인재를 키우지 않으려고 경성제대에 아예 경제학부를 설치하지 않았다. 그리고 경성고상도 철저하게 한국 학생의 진학을 제한했다.

해방 이후 경성고상을 이어받아 설립된 서울대학교 상과대학이 후일 한국 경제개발의 주역이 될 인재들을 배출하는 역할을 맡게 되었다. 서울 상대의 교풍도 경성제대 법학부를 이어받은 보수적인 서울 법대와는 다르게 진취적이었다.

서울이 아직 본격적으로 개발되기 전이라, 서울 상대의 주위엔 논밭이나 구릉지대가 산재해 있을 뿐 눈에 띌 만한 주택가나 건물도 별로 없었다. 과장해서 이야기하면 황량한 들판에 덩그렇게 서 있다고 해도 될 캠퍼스였다. 그래도 5월이 되면 벽돌색이 누렇게 바랜 강의동 사이로 신록이 감싸고 있어 대학의 낭만을 조금은 느낄 수 있는 풍광이긴 했다.

바로 길 건너편 옆 동네에는 이른바 '민족 고대'가 있었고, 근처 홍릉으로 이어져 있는 임업 시험장 숲속에 몇 년 전에 설립된 카이스트KIST가 있었다. 그리고 언덕 너머로 경희대학교가 자리하고 있어 시골 교외치고는 젊음의 기운이 감도는 분위기는 있었다. 그나마 고려대학교나 경희대학교의 본관 건물은 유럽풍의 건물 양식을 갖춰 나름대로 대학의 상아탑이라는 멋과 품위가 있었다.

동숭동에는 문리대, 법대, 의대와 함께 서울대학교 본부가 있는 본관이 있었다. 그곳에는 가로수로 마로니에 숲이 늘어서 있고, 권위를 자랑하듯 적벽돌의 역사 깊은 흔적이 배어 있는 경성제대 때부터의 건축물이 들어앉아 있었다. 홍릉의 서울 상대는 이런 대학로의 낭만적인 캠퍼스에 비하면 훨씬 떨어지기는 했지만, 그래도 나름의 고즈넉한 맛은 있었다.

어쨌든 4·19 의거나 한일회담 반대 시위로 한국 사회의 선도적 역할을 하고 있다는 자부심에 들떠 있는 '민족 고대'나 서울 법대, 문리대에 비하여 서울 상대의 분위기는 상대적으로 가라앉아 있다고 할 수 있었다. 그렇지만 어떤 면에서는 법대나 문리대보다는 조용한 분위기 속에서 학구적인 분위기를 이끌어 나가고 있다고 봐야 했다. 이것이 서울 상대 학생들의 유일한 자부심이기도 했다.

현대 경제학이나 경영학은 학문의 오리진origin이 미국이기 때문에 정치학이나 법학보다는 영미 쪽의 합리적 사고에 기반을 두고 있었다. 이에 비하면 법학은 기본법인 민법의 경우, 해방 이후 60년대까지도 일본 민법을 준용하고 있었다. 그래서 그런지 법대는 보수적이고 관료적이었다. 경성제대 법문학부의 오랜 전통에 따라 그럴 수밖에 없는 것도 중요한 이유이기는 했다.

서울 상대의 교수들도 미국 유학파가 주류를 이루고 있었고, 서울 공대와 더불어 미국 유학길에 제일 많이 오르는 곳이 서울 상대였다. 따라서 서울 상대 출신들은 자신들이 한국의 경제 발전에 커다란 역할을 하고 있다는 자부심이 컸다.

한국의 경제 발전 속도에 따라 진취적인 상대의 인기도 자연스럽게 높아졌다. 서울대학교에서도 법대와 더불어 상위의 자리를 경쟁하고 있었다. 1965년 이경욱은 이렇게 이름 높은 서울대학교 상과대학 경제학과에 입학했다.

5월 중순 어느 날, 교정의 잔디밭 이곳저곳에서 학생들이 삼삼오오 모여 화창한 봄날 오후를 나름의 방식으로 즐기고 있었다. 낮잠을 즐기는 학생도 있었고, 친구들의 부러운 표정을 받으며 지난밤 여학생과의 미팅 무용담을 자랑하는 학생도 있었다. 말 그대로 평화로운 캠퍼스의 오후 분위기였다.

이경욱은 구내식당에서 우동 국물에 도시락을 말아먹은 후 친구들과 함께 교정 한쪽 벤치에 앉았다. 친구들은 수업이 끝난 오후 일정을 어떻게 보내면 좋을지 서로 이야기를 나눴다. 벤치 주위엔 철쭉꽃이 흐드러지게 피어 있었다.

이야기 끝에 친구들은 의견이 모였는지 당구장에 간다며 사라졌다. 이경욱은 혼자 덩그러니 남아 여기저기를 멍하게 바라보며 상념에 잠겼다. 도서관에 가자니 날씨가 너무 좋았고, 아르바이트하러 가기에는 시간이 어중간했다. 남는 잠깐의 시간을 어떻게 보내면 좋을지 눈을 감고 이런저런 궁리를 하고 있을 때였다. 몇몇 학생이 짝을 지어 지나가다 이경욱을 보고는 그중 누군가가 말을 했다.

"어어, 웬일이야! 경욱이 형이 여기서 홀로 고독을 삼키고 있네. 현수야, 우리가 찾던 경욱이 형이 여기서 사색에 잠겨 폼 잡고 있어."

이경욱은 눈을 뜨고 말하는 사람이 누군지 쳐다봤다. 다름 아닌 고등학교 1년 후배 정운일이었다. 같은 경제학과 후배이기도 해서 격의 없이 지내는 사이였다. 두 사람 모두 경제학과에서 알아주는 수재로, 대학로에 있는 서울대학교 수재들의 기숙사라는 정영사에서 기거했다. 이경욱은 경기중학교 수석 입학자였다. 그래서 동기들은 물론이고 후배들도 그를 한 수 접어줬다.

이경욱은 상과대학 경제학과에 들어와서는 공부보다는 한일회담 반대나 삼성 계열사인 한국비료의 사카린 밀수 사건 같은 정치·사회 이슈에 관심이 많았다. 어떤 후배들은 이경욱 같은 수재가 학업보다는 옆길로 빠져 헤맨다고 수군대기도 했다.

1960년대 후반의 그때는 대학 교재나 연구서가 턱없이 부족했다. 그래서 공부 그룹을 만들어 교재나 참고 서적을 공유하며 토론하는 일이 적지 않았다. 이는 공부깨나 하는 친구들, 그중에서도 한국의 미래를 자신들이 만들어야 한다고 믿는 순수 열정파들이 보여주는 자부심의 발로이기도 했다.

최현수가 놀리는 말투로 물었다.

"경욱이 형! 어제 마신 술이 아직 덜 깬 얼굴인데?"

정운일도 거들었다.

"누구랑 그렇게 퍼마셨수?"

이경욱은 게슴츠레한 눈으로 후배들을 바라보며 대답했다.

"말도 마라. 어제 홍릉 동네를 한 바퀴 순례하며 카바이드 막걸리를 동나도록 마셨다. 실연당하고 열 받아 논산 훈련소에 자원입대한다고 하소연하는 친구들과 옆 동네 민족 고대 애들 흉내 좀 냈지?"

최현수가 박수를 치며 말을 이었다.

"야, 재미있었겠다. 아직도 우리 주위에 그런 순정파가 있어요? 이수일과 심순애, 뭐 이런 거? 이거 완전 신파조 아냐!"

2년 후배인 이현식도 끼어들더니 프레시맨다운 호기심을 보이며 보챘다.

"형님, 자세히 얘기 좀 해보세요."

"얘기하자면 길어. 그리고 가슴이 너무 아픈 사연이라…. 어제 우리가 격분해서 서로 눈물 콧물을 한 양동이나 흘렸다니까. 야, 그런 얘길 어떻게 맨정신에 하냐?"

이경욱은 고개를 돌려 먼 하늘을 바라보는 시늉을 했다. 그때 정운일이 시계를 보고 말했다.

"어어, 시간이 벌써 이렇게 됐네? 강의 곧 시작하겠다. 경욱이 형, 우리 강의부터 듣고 어젯밤 무용담 들읍시다. 오늘 장기영 경제 부총리의 특강이 있는데, 교수들과 일문일답 난상 토론을 하는 간담회도 한대요. 미국에서 갓 귀국한 젊은 교수 몇 분도 참석한다는데 재미있을 것 같아요. 그래서 형 찾아다녔으니 같이 갑시다."

최현수가 이경욱의 팔을 끼더니 너스레를 떨었다.

"자, 불량 학생 이경욱 형이 강의실에 납신다!"

이현식은 "영차!" 하며 뒤에서 이경욱을 밀었다. 이경욱은 못 이기는 척 따라가며 궁금해했다. 다음 학기부터 강의를 시작한다는 젊은 교수들은 미국에서 박사학위를 받은 우리나라 경제학계의 신진기예라 했다. 장기영 부총리는 대한은행 조사부장을 거쳐 한국전쟁 직후 대한은행 부총재를 지냈다. 혼란기의 금융 질서를 바로잡아 경제의 혈맥이라 할 금융 기능을 정상화시킨 전설적인 대한은행 조사부를 만들어 낸 인물이었다.

대한은행 조사부는 우리나라 경제개발계획의 수립과 경제정책을 총괄하는 경제기획원에 많은 인재들을 공급하는 인재풀pool 역할을 했다. 이규식 부총리, 강경석 부총리, 김재일 경제수석 등 많은 경제관료들이 대한은행 조사부 출신이었다.

장기영 부총리는 조선일보 사장을 지내고 한국일보를 창간해 운영하다가, 경제기획원 장관 겸 부총리로 발탁되어 1차에 이어 2차 경제개발계획을 추진하고 있었다. 그는 강력한 추진력과 리더십으로 별명이 '왕초' 또는 '불도저'라 불렸다. 일반 국민들에게도 널리 알려진 현직 각료였다. 이경욱은 졸면서도 들어 볼 만한 강의라고 스스로를 달래며 후배들과 함께 강의실에 들어갔다.

강의실은 학생들과 교직원으로 이미 가득 차 있었다. 장기영 부총리를 가까이에서 본 건 처음이었다. 완전히 호랑이 상이었다. 거구에, 특히 눈매가 매서웠다.

선배 중에 한국일보 기자가 있었다. 그 선배로부터 가끔 장기영 부총리의 이야기를 들을 수 있었다.

　"한국일보 기자들은 장기영 사주를 술자리나 사석에서는 '왕초'라 부르지. 왕초는 한국일보 사장으로 재직할 때 매주 화요일 기자 전원을 편집국에 모아 놓고 사자후를 토하곤 했어. 쇳소리 넘치는 그의 훈시 비슷한 연설 때문에 기자들은 공포를 느끼면서도 경탄했지. 때로는 폭소를 터트리기도 했고. 한마디로 일사천리요, 쾌도난마였어. 훈시 한마디 한마디가 번뜩이는 기지, 수준 높은 문학적 레토릭을 가졌달까. 또 눈이 번쩍 뜨일 정도의 정보로 가득 차곤 했지."

　한국일보 편집국의 좌우명 같은 화두가 있다. 그 첫 번째가 '기사는 시가 되어야 한다. 한국일보 지면에 실리는 기사 모두가 시로 메워지는 날이 와야 한다'는 거였다. 실제로 한국일보 1면에는 발행인의 뜻에 따라 매일 시를 실었다. 그리고 두 번째 화두도 기자들을 긴장하게 했는데 '특종은 일요일 아침에 터진다'였다. 노련할수록 방심하기 마련인 기자들의 교만과 허세를 경계하기 위한 경구였다.

　한국일보 도쿄 특파원의 고정 업무 가운데 하나는 당시 일본에서 화제에 오르거나 베스트셀러가 된 신간을 구입해 서울로 직송하는 일이었다. 왕초가 시도 때도 없이 토해내는 명

연설과 해학에 가까운 훈시는 이러한 독서의 산물이었다.

왕초는 사냥하는 매를 조련하듯 기자들을 닦달했다. '매를 잘 재우고 배불리 먹이면 다음 날 꿩을 봐도 날지 않는다. 평소 눈을 부릅뜨고 피를 말리지 않는 기자로부터 특종이나 명문의 기사는 나오지 않는다.' 이것이 왕초의 신조였고 이를 이용한 심려 깊은 용병술을 썼다.

김승웅이 쓴《모든 사라진 것들을 위하여》를 보면 이런 대목이 나온다.

일본의 복 요리사는 복어탕을 끓일 때 맛을 극대화하기 위해 복어알을 치사량 직전까지 넣는다는 말을 들은 일이 있다. 한계 상황에서 써지는 기사가 바로 명문 기사인 것이다. 우리 한국일보 기자들은 이런 왕초에게서 가끔 통쾌한 맛을 즐기는 재미가 있다.

맨 앞줄 작은 테이블 몇 개의 좌석에는 토론자로 보이는 젊은 미국 유학파 교수들과 학장을 비롯한 원로 교수들이 자리하고 있었다. 다음 학기부터 경제학과 교수로 내정되어 있다는 버클리 출신의 조순영 박사와 경영학과의 나웅배 박사의 얼굴도 보였다.

두 교수 다 사십 대 전후의 학자인데다 미국의 명문대학에서 학위를 받은 터라 학생들 사이에서 기대가 컸다. 이경욱은 두 교수의 다음 학기 강의에 학생들의 관심이 매우 높다는 이야기를 후배들로부터 들은 기억이 났다. 그와 그의 동기들은 이미 1~2학년 때 경제학이나 경영학의 기본과목을 이수했기에 큰 관심은 없었다.

이윽고 사회를 보는 교수가 장기영 부총리를 소개했다. 화려한 경력이 많은데도 유독 대한은행 조사부장을 역임했다는 사실을 강조했다.

"한국동란 직후의 혼란스럽고 불안정한 금융 질서를 바로잡아 오늘날의 경제개발계획을 추진할 수 있는 기틀을 만드는 데 크게 기여하셨습니다."

이경욱은 '경제정책을 담당하는 정부 부처가 엄연히 있는데 대한은행 조사부가 혼란기에 경제정책을 이끌어간 것인양 말하는 건 좀 과장된 표현 같은데?' 하는 의구심을 품으며 사회자가 좀 서툴다고 느꼈다. 당시에는 국공립 연구기관이나 민간 부문의 연구기관이 거의 없어 대한은행 조사부가 그 역할을 맡은 사실을 이경욱은 미처 알지 못했다.

1~2차 경제개발계획에 대한 소개와 성과에 대해 장기영 부총리의 장황한 설명이 있었다. 이어서 패널로 앉아 있던 교수

들과 질의응답하는 토론이 시작되었다. 그중 조순영 박사가 예리한 질문을 던졌다.

"한국 경제개발계획이 잘 추진된다고 미국의 학계나 국제부흥개발은행IBRD 같은 국제기구에서 평가하고 있습니다. 그러나 이 추세로, 이 계획대로 추진되면 경제의 고도성장 과정에서 후진국에서는 필연적으로 나타나는 부작용이 있을 텐데 그에 대해 어떻게 대처할 계획인지요? 멕시코 등 몇 나라에서는 문제가 심각해요. 부익부 빈익빈, 도농 간의 격차, 노사문제, 환경문제, 대외채무와 인플레 등의 문제를 어떻게 해결할 겁니까?"

이경욱은 조순영 박사의 날카로운 지적이 매우 신선하게 느껴졌다. 이렇게 해서 운명이라 하기에는 다소 과장된 표현이지만, 이경욱과 조순영 박사의 오랜 인연이 시작되었다.

졸음을 간신히 쫓으며 들은 힘든 강연이었다. 그래도 대한은행 조사부라는 부서에 대한 호기심과 조순영 박사의 신선하면서도 잘생긴 얼굴 모습이 마음속에 각인되는 시간이었다. 이 강연을 듣고 나서부터 도미渡美 유학파 신진 교수들에 대해서 흥미를 갖게 되었다.

서강대학교 경상대학에 진학한 고교 동기생들에게서 미국 박사 교수들이 학문과 강의에 새바람을 일으킨다는 이야기를 들은 바 있었다. 새로운 미국 주류 경제학을 공부하고 온 이른바 '서강학파' 교수들이었다. 이경욱은 서강대학교에 다니는 고교 동기생들을 부러운 시선으로 바라보며 이렇게 말한 적도 있었다.

"내가 저학년 때 강의한 교수님들은 동경제대나 경성제대 출신들이어서 강의 내용이 관념적이고 이념에 치우친 점이 많았어. 실용적이라 할 미국 경제학에 대해 알고 싶었는데⋯. 공부할 만한 경제학 교재조차 빈약하기 짝이 없으니⋯."

장기영 부총리 강연을 듣고 나온 이경욱은 후배들과 라일락 그늘이 드리워져 있는 벤치에 앉아 후배들에게 물었다.

"너희들은 다음 학기에 미국 박사들한테 새로운 경제학 강의를 듣게 돼 좋겠다. 공부 더 열심히 하겠구나?"

이현식이 대답했다.

"형도 같이 들으면 되잖아요?"

"이미 다른 교수에게 수강해서 다시 수강할 수 없어. 그렇다고 청강생으로 듣고 싶지는 않고."

최현수가 코를 벌름거리며 말했다.

"형! 4학년에는 경제학 영강이 있대요. 사무엘슨 교수의 《Economics》를 가지고 한다는데⋯. 형은 1~2학년 때 경제학 원론을 수강했으니 비교가 되고, 또 이해의 폭이나 깊이가 우리보다 훨씬 크고 깊어 유리할 텐데 영강 신청하면 되겠네요?"

"아하, 그래? 역시 너희들은 다르구나. 나는 처음 듣는 얘긴데"

정운일이 말을 이었다.

"형들은 1학년 때는 한일회담 반대 데모하다 공부할 시간이 없었고, 2학년이 돼서는 미팅하려고 여대 앞에 진을 치다가 세월 보내고, 이제는 실연당해 술이나 때려먹고 있으니 공부할 틈이 있겠수?"

이현식이 갑자기 생각난 듯이 말했다.

"형! 아까 강의 들어가기 전에 엊저녁 약주하며 실연당한 친구들 얘기하다 말았잖아요. 맨정신에 어떻게 얘기하냐면서 강의 끝나고 말해준다고 한 거 생각나지요? 어젯밤 로맨스 얘기나 해줘요. 공부 얘기 그만들 하고."

최현수도 거들었다.

"맞다. 강의 때문에 얘기 서두만 꺼내다 말았지. 형, 우리가 해장술 받아드릴 테니 어디 분위기 좋은 데 가서 '이수일과 심순애'의 홍릉판 들어 봅시다. 운일이와 제가 한잔 살 테니 안내하시지요. 운일아! 내 생각이 근사하지 않아? 우리 밤낮 형들한테 얻어만 먹고 다녔잖아!"

정운일이 최현수의 말에 바로 반응했다.

"역시 제갈공명이 따로 없네! 최현수가 하는 일은 다 옳아. 나 유비, 무조건 찬성!"

최현수가 이경욱에게 재촉했다.

"형, 이제 멀리 움직입시다. 학교 안에 오래 있었네요. 여기 우리 캠퍼스는 동숭동 문리대에 비하면 구닥다린 데다 주위도 산만해서 영 무드가 안 나잖아요."

이경욱은 손목시계를 보며 말했다.

"아르바이트 갈 시간인데… 오늘은 좀 그렇다."

이경욱은 후배들과 어울리며 어젯밤 이야기를 신나게 하고 싶었지만, 가정교사 아르바이트도 있고 또 후배들한테 술대접 받기가 부담스러워 손사래를 쳤다. 그러자 넉살 좋은 최현수가 이경욱의 팔을 붙들며 제안했다.

"형, 아르바이트 집에 우리가 전화해서 오늘 우리 대학에 특강 오신 부총리가 학생 대표들과 토론하고 싶다고 하는데, 형이랑 몇 사람을 지명해서 어쩔 수 없이 오늘은 못 간다고 하면 어떨까요? 다음에 보충수업을 해주겠다고 하면 폼도 나고 좋지 않을까요? 다음에 더 열심히 해주면 되잖아요?"

이경욱은 속으로 '그거 참 기발한 생각이네' 하며, 왠지 오늘은 못 이기는 척 후배들과 어울리고 싶기도 했다.

"좋아! 정 그렇다면 너희들 뜻에 따르겠다. 하지만 조건이 있다. 후배들한테 무조건 얻어먹을 수는 없고 마침 며칠 전에 내가 아르바이트 월급 탄 게 있으니 오늘은 내가 사는 걸로 하자. 무교동에 근사한 생맥줏집이 생겼다니 그리 가서 한잔하자."

이경욱이 호기를 부리며 앞장서자 정운일이 따라나서며 말했다.

"누가 사든 우리 오늘 젊음을 로맨틱하게 가꿔 봅시다. 역시 경욱이 형은 멋져요!"

작년부터 국내에서도 생맥주가 처음으로 생산되기 시작했다. 서울대학교는 대학 분위기가 독일의 로맨티시즘이 풍미해서 그런지 대학 축제에도 카바이드 막걸리나 막소주 대신에 생맥주가 학생들의 인기를 끌었다.

이와 더불어 통기타 부대가 등장해 세시봉의 조영남, 송창식, 윤형주 등이 청춘 문화를 이끌기 시작했다. 서울대학교 문리대에 '엑스터시'라는 보컬 그룹이 생기고, 의대와 치대에도 비슷한 동아리가 생겨 활발하게 활동하고 있었다.

무교동에 '선장' 등 생맥줏집 몇 군데가 생겨나 젊은이들의 인기를 끌며 성업 중이었다. 이경욱 일행은 버스를 타고 무교동으로 자리를 옮겼다.

생맥줏집에 들어가니 시간이 일러서 그런지 빈자리가 많았다. 이야기하기 좋은 아늑한 곳에 자리를 잡고 마른안주와 생맥주를 시켰다. 조명발 덕인지도 모르고 자신들이 멋있게 보이는지 모두 우쭐한 표정이었다. 이럴 때 콧대 높은 여대생들이 지나가다 봐주면 얼마나 좋을까. 다들 이런 생각을 하는 것 같았다.

그들 넷은 500cc 생맥주잔을 높이 들고 건배했다. 이현식이 영화 〈황태자의 첫사랑〉에서 마리오 란자가 식탁 위에 올라가 'Trinken Sie(마시자)'를 외치는 모습이 너무 멋있다고 하며 자리에서 벌떡 일어나 외쳤다.

"트링켄 지!"

남은 일행이 따라 하자 홀 안의 다른 손님들이 박수를 보내며 환호했다. 청진동 빈대떡집이나 홍릉의 선술집에서 마시는 것과는 확연히 다른 분위기였다. 갑자기 정운일이 이경욱에게 본론으로 직진했다.

"경욱이 형, 어젯밤 홍릉의 이수일 역을 하며 울고불고한 선배들은 어떤 형들이었어요?"

"아, 이거 술 마시고 일어난 일은 비밀인데… 꼭 알고 싶냐? 그냥 우리끼리 무드 살려 술이나 마시자."

"그거는 안 될 말이죠. 우리도 금쪽같은 시간 내서 여기 무교동 한가운데 와 있는데. 당초 취지대로 간략하게, 육하원칙에 따라, 얘기해보시죠?”

“오늘 얘기는 절대 다른 데 가서 하면 안 돼. 약속할 수 있어?”

“이래 봬도 우리 공부하기 바빠 오래 기억도 못 해요. 이 자리 떠나면 바로 잊을 텐데, 뭐. 걱정하지 않아도 됩니다.”

“좋아. 너희들 경영학과 김기영 알지? 김기영이가 수일이 1번이고, 문리대 사학과의 이영규가 수일이 2번이야. 두 수일이가 주인공인데 실연의 상처는 이유가 각기 다르더라구. 결과는 같지만. 그래서 세상 살맛 안 난다며 군대나 가야겠다고 마음먹고 지원했는데 우연히 같은 날 논산에 가기로 돼 있는 거야, 둘이. 그래서 둘의 환송 겸해서 만나 한잔한 건데, 각자가 갑자기 자원입대하게 된 사유를 털어놓다 보니 동병상련인 거야.”

이경욱은 생맥주를 한 모금 들이켜고 나서 본론을 꺼냈다.

“이영규는 문리대 사학과를 수석으로 들어가고 부친도 유명한 국사학자라 장래가 촉망되는 영재야. 여자 친구는 이대 사회학과에 다니는데 그 부친이 유명한 모 시사 월간지 주필이래. 한일회담 반대 논쟁에서 친일사관이니 민족사관이니 하며 시끄럽잖아. 그런데 둘이 사귀다가 장래까지 약속할 만큼 사이가 깊어졌는데 이 논쟁에 휘말린 거야. 둘이 자주 다투게 되면서 급기야 서로 감정이 상할 만큼 상하게 된 거지. 그렇게 마음의 상처를 받은 채 헤어지게 된 모양이야."

후배들의 세세한 질문들이 연달았고 그때마다 이경욱은 정연하게 설명을 해줬다. 이영규에 대한 안타까움이 묻어 있었지만 가급적 제3자의 객관적인 시각에서 실연담을 전달하려 했다. 그러한 전달이 장차 후배들이 연애하는 데 참고가 되었으면 하는 바람에서였다.

"김기영이는 부친이 증권회사를 운영하고 있어서 경영학과에 오기는 했지만, 고등학교 때부터 연극을 했을 정도로 굉장히 감성적이거든. 여자 친구는 이대 영문과 과대표를 맡고 있는데 미인인가 봐. 굉장히 활동적이고 사회 참여에도 적극적이라 한일회담 반대 학생 모임의 간부래. 서로 관심사가 다르다 보니 다투는 일이 잦았던 모양이야. 생각해봐. 장래 얘기하다가 노사문제니 빈부 문제니 하는 주제가 튀어나오면 어떻겠어. 쓸데없이 엉성한 논쟁을 하다가 갈라서게 된 거지. 아마도 이 시대의 젊은이들이면 한 번쯤 고민하는 흔한 토픽인데 설익게 아는 것 가지고 다투다 사단이 벌어진 걸로 보여. 다들 자존심만 세지 양보라는 게 없어서 말이야…. 시간이 지나면 서로가 이해되는 날이 올 수도 있겠지. 잠시 냉각기를 갖고 나면 언제 다퉜냐며 화해할지도 모르고…"

이경욱의 말에 후배들은 멍하니 있을 뿐 즉각적인 반응을 보이지 않았다. 잠시 말없이 맥주잔을 비우는 소리만 들렸다. 앞선 이영규의 사례와 비슷했지만, 여자 친구와의 의견 차이나 사상 차이라는 것이 중요하다는 사실을 새삼 깨달았기 때문인 듯 보였다. 다들 이성과의 경험이 많지 않은 만큼 이번 사례를 반면교사로 마음에 새기기에 바쁜 모양새였다.

"별로 재미없는 얘긴데, 어제는 둘 다 세상이 꺼질 듯 시끄럽게 굴어서 여자 친구도 한 명 없는 주제에 나도 같이 흥분했네. 잘 알지도 못하면서 덩달아 떠나간 여학생들 욕하고, 술 퍼먹고, 그랬지. 이상 홍릉판 '이수일과 심순애' 이야기였습니다. 재미없지? 너희들 여학생한테 잘못 휘둘리면 공부고 뭐고 다 저리 가는 거야. 여학생 근처에도 가지 말고 남의 떡 구경이나 하라고. 이제 너희들 얘기를 들어 보자."

잠시의 침묵도 깰 겸 이경욱이 다소 훈계조의 이야기로 마무리하려 했다. 이현식이 혼자 중얼거리듯 말했다.

"그래도 군에 입대해서까지 상처를 잊어버리려고 한 것 보면 실연의 상처가 오래가겠네요."

최현수도 말을 받았다.

"남의 일 같지 않네."

다들 각자 비슷비슷한 사연들이라도 있는 양 더 이상 별다른 말을 하지 않았다. 어찌 보면 시시한 결말이었다. 무엇보다 전혀 로맨틱하지 않았다. 뭔가 대단한 실연담이라도 있을 것으로 기대했던 후배들의 잘못이라면 잘못이었다.

현실의 연애는 쉽지 않았고, 어려운 시기에 가난한 나라의 젊은이들에게는 더욱 그러했다. 그래도 이경욱은 요즘 나라가 조금 조용해져서 다행이라고 생각했다. 정운일이 이경욱에게 차분한 목소리로 물었다.

"형은 지금 ROTC 과정을 밟고 있으니 군대 문제는 그렇게 해결한 것 같은데… 장래 진로는요? 아직 구체적으로 정하지 않았나요?"

"…"

"아까도 대충 말했지만, 사실 다음 학기에 부임할 실력파 교수들 강의를 함께 듣자고 형을 찾은 거예요."

정운일은 이경욱과 가까웠지만 평범한 선배가 아님을 알고 있었다. 그의 말에는 이경욱을 위한 진심이 담겨 있었다. 다른 후배들도 그가 공부를 마치고 사회에 나가면 어떤 식으로든 두각을 나타낼 거라는 기대를 하고 있었다.

이경욱은 실향민의 자식이었다. 부모님이 이북에서 남한으로 내려와 자수성가하는 과정에서 일가족이 고생을 많이 했다. 하지만 어렸을 때부터 공부를 잘하고 무엇보다 소탈한 성격으로 후배들을 잘 챙겼다. 정의감도 강해 부당한 일을 보거나 들으면 열을 올려 비판했고, 정치·사회 이슈와 관련한 집회나 모임에 열성적으로 참여했다.

이경욱은 학생운동에 발을 들이며 자신이 경제학과를 선택한 것을 후회하기도 했다. 정치학과나 사회학과, 또는 법대에 들어갔으면 정치·사회 문제를 이해하거나 푸는 데 도움이 될 거라는 생각에서였다. 하지만 그는 공부를 등한시하고 사회운동에 뛰어드는 것에 한계가 있음을 주변 지인들을 보고 알았다. 좀 더 공부해서 실력을 쌓아야 사회에 소용되는 사람이 될 수 있다는 점을 깨달은 것이다.

거기에는 실향민인 부모님의 간곡한 부탁도 있었다. 공산체제에서 아무 기반도 없는 남한으로 내려와 생업을 일궈야 했던 그의 부모는 무엇보다 먹고사는 일이 중요했다. 그래서 죽어라 일만 했고 그 덕분에 일정한 성공도 거뒀다. 이경욱의 아버지는 그에게 경제의 중요성을 늘 강조했다. 경제학과를 지원한 것도 그런 이유였고, 그가 미국에서 실용적인 경제학을 연구한 신진기예 학자들에게 주목한 것도 그런 동기가 있어서였다.

"너희 학년은 그분들한테 경제학이나 경영학의 기본 과목을 들을 수 있겠네. 너희들은 행운이야. 우리 학년은 구닥다리로 그런 기본 과목을 다 이수했거든. 경제학도 그렇고 경영학도 그렇고. 나도 미국의 경제학이라는 새로운 신천지에 관심이 많지만 이미 다 지나간 일이 돼버려서…. 우리 학년은 해당 사항이 없는 거라서…. 혹 기회가 되면 그분들 강의를 청강이라도 할까 생각은 하지만…."

이경욱은 본심과는 달리 짐짓 관심 없는 체했다. 괜히 후배들이 듣는 강의에 끼어들어 그들에게 부담을 줄 수 있다는 생각을 했기 때문이다. 정운일이 이경욱의 말을 조용히 듣고 있더니 입을 열었다.

"형은 경제학 영강을 수강하면 되잖아요. 아까도 얘기했다시피 사무엘슨 교수의 《Economics》를 영어 원강으로 한다니까, 형은 다 아는 내용이겠지만, 원서로 들으면 새로운 맛이 날 거 아니우? 형, 우리 같이 들읍시다. 형의 영어 실력으로 우리 좀 도와주면 좋잖아요?"

정운일은 어쩌면 이경욱에게 도움을 받을 수 있다는 생각을 했는지 몰랐다. 자신의 부족한 영어 실력을 늘릴 수 있다는 속셈 말이다. 이경욱은 중학교 시절부터 집 근처에 거주하는 미국인 신부와 성당에서 친하게 지낸 덕분에 영어 리스닝과 스피킹에 능했다. 그리고 이 사실은 친한 후배들이면 다 알고 있었다.

이렇게 해서 이경욱은 4학년 때 조순영 교수의 영강을 듣게 되었고 경제학의 신세계에 눈을 떴다. 조순영 교수는 이경욱 등 일군의 시니어 학생들을 복학생 정도로 생각하고 크게 신경을 쓰지 않는 듯 보였다. 조순영 교수와는 서로 이름 정도만 기억하는 '교수–청강생' 관계를 유지하며 이경욱은 4학년을 마쳤다. 정운일, 최현수, 이현식 같은 후배들은 유학을 가려는지 매우 열심히 강의를 들었다. 조순영 교수도 이들을 각별하게 아끼고 지도했다. 그런 모습이 이경욱의 눈에는 존경스럽게 보였다. 그리고 한편으로는 후배들이 부럽기도 했다.

재학 시절부터 유학 준비를 한 후배들은 몇 년이 지난 후 미국에 가서 학위를 받고 돌아와 모교인 서울대학교 상과대학 교수로 봉직했다. 이현식은 행정고시에 합격하고 공무원 재직 중에 유학을 간 케이스로, 학위를 따고 돌아와 KDI에서 정부의 경제정책 수립에 큰 역할을 했다. 조순영 교수와 나웅배 교수는 후일 정부의 경제정책의 사령탑인 경제 부총리를 역임하며 한국 경제의 위상을 국제적으로 높이는 데 커다란 기여를 했다.

그날은 조금 이상한 날이었다. 이경욱은 간담회에서 열정적으로 한국 경제에 대해 소신을 피력하던 장기영 부총리의 모습이 뇌리에서 떠나지 않았다. 특히 그의 화려한 경력 중에 '대한은행 조사부장'이라는 단어가 인상 깊게 와닿았다. 선린 상고를 나와 대한은행 전신인 조선은행에 입행한 경력만 있는데, 중앙은행의 조사부장을 역임하고 개발도상국이기는 하지만 한 나라의 경제 사령탑이 되어 나라를 부흥시키는 역할을 하는 자리에까지 어떻게 오르게 되었을까? 그날 이후 이경욱은 대한은행에 입행하는 것을 진로 중 하나로 진지하게 검토했다.

사회 전체가 가난하고 불안정하다 보니 대학에서도 앞날의 비전이나 나아갈 길을 제시해주는 교수나 선배가 거의 없었다. 학생운동이라고 할 것도 없는 문리대생들이나 법대생들이 주도하던 한일회담 반대도, 문리대 정치학과가 주축이 되어 화제의 중심이 되었던 민비련이나 동숭학회의 이른바 '한국적 민족주의'도, 일본을 대상으로 하는 쇄국적인 매판자본에 대한 비판도, 중남미의 종속이론에 대한 논의도 학생들 사이에서 시들해졌다. 물론 장래에 대한 막연한 불안감이 감도는 와중에도 젊은이답게 기대감이 넘쳐흐르는 이들이 더러 있기는 했다.

이경욱이 학업이나 장래 문제 같은 답답하고 막연한 이야기로 술판 분위기가 가라앉아 있음을 느꼈을 때였다. 갑자기 생맥줏집 입구가 시끌벅적하더니 눈에 익은 몇몇이 들어왔다. 이경욱과는 고등학교 동기들로 서울대학교 법대에 다니는 친구들이었다. '대학로에 무법자 출현'이라는 기사가 서울대학교 교지인 대학신문에 나게 하고, 법대 악동들이라 자처하며 독일식 로맨티시즘인 '질풍노도의 시대'의 주역을 자처하던 친구들이었다. 백명수 등 고등학교 동기 몇 명과 서울대학교 바둑 최고수인 홍종현 프로 초단이 그들이었다.

"여어! 우리의 수재이신 이경욱이가 이제 홍릉 골짜기에서 무교동으로 진출했네. 우리들은 청일집에서 선배들이랑 막걸리 한 대포 하고 2차로 여기에 왔다네. 오랜만이다."

정다경이 특유의 회색 저음 목소리로 아는 체를 했다. 그들은 이경욱 일행 옆 테이블에 자리를 잡았다. 이경욱이 선배인 홍종현한테 인사를 하고 정운일과 후배들을 소개했다. 법대의 낙산문학회 회장으로 종로5가 대학로에서 문명을 날리고 있는 김경호가 약간은 취한 목소리로 후배들에게 말했다.

"상대 수재들이 여기 다 모여 있구만. 이경욱이가 이제 방황을 끝내려나? 정영사 인재들과 다니는 모양새가 아주 좋아요, 아주!"

백명수가 이경욱을 보고 히죽 웃으며 말문을 열었다.

"경욱이가 남녀 애정사의 조정자 역할을 잘한다고 소문났던데. 그것도 비련의 주인공들만 골라서. 내 문제도 의뢰해볼까나!"

　백명수는 이경욱 일행 테이블에 생맥주를 5,000cc나 보내 줬다. 이들 덕분에 술판 분위기가 다시 살아났다. 방황하던 가난한 대한민국의 대학생들도 파리나 하이델베르크 대학생들 못지않게 아름다운 청춘의 밤을 만끽했다. 유난히 일이 많았던 그날의 긴 하루가 무교동의 밤이 깊어 가면서 서서히 막을 내리고 있었다.

3

고난

조순영 총재와 주요 언론사 경제부장들과의 관악산 등산
이 끝난 지 몇 달이 지난 어느 날, 〈서울신문〉, 〈한국경제신
문〉 등 아침 조간신문에 눈에 띄는 기사가 났다.

대한은행 외화운영과장 이경욱 씨가 이 은행 노조 위원
장인 안명우 씨 등 14명을 상대로 낸 손해배상 청구소송에
서 서울민사지법이 '노조가 대자보에서 특정인을 지칭하고
허위 사실로 명예를 훼손했다면 이로 인한 손해를 배상해
야 한다. 피고들은 원고 이 씨에게 1천만 원을 지급하라'는
원고 승소 판결을 내렸다는 기사였다. 그리고 이경욱 씨가
노조원들을 명예훼손죄로 고소한 형사 사건에 대해서 서

울지방검찰청이 기소유예 처분을 했다는 기사도 함께 실렸다.

이경욱이 4년여 동안 벌여 온 노동조합과의 힘겨운 싸움에서 승리했다. 나는 마음속으로는 다행이다 싶으면서도 이경욱이 안쓰러웠다. 그동안 그 지루한 줄다리기와도 같은 싸움에서 얼마나 심신이 고달프고 힘들었을까. 또 얼마나 외로웠을까. 이런 마음이 앞섰기 때문이다.

형사상 고발한 사안이 기소유예 처분이 되었으니 노동조합 입장에서 부담되는 것은 1천만 원의 가벼운 벌금뿐이었다. 폭행과 행패를 부린 조합원들은 불이익을 받지 않게 되었고, 그들이 가장 염려하던 인신구속이나 형사처벌을 면했다. 그래서 당사자인 노조원들이 행 내에서 징계나 해임을 걱정하지 않게 되었다. 노동조합 입장에서는 사실상 이경욱과의 투쟁에서 이긴 결과로 받아들일 것이다. 앞으로 노동조합에 반대하거나 대항하지 못하게 하는 행 내 분위기를 만들었다고 자부할지도 몰랐다. 그런 판결이었다.

우리나라의 사법 구제는 시간을 한없이 끌어도 괜찮게 되어 있었다. 그래서 별 실효성이 없다는 단적인 예가 바로 이 사안이었다. 그렇다고 개인이 자력구제에 호소할 수도 없는 게 현실이다. 사법 구제가 개인의 기본권 보장에 별다른 역할을 못 하는 사회에서는 노동조합 같은 사적인 단체가 개인의 권리나 권익을 함부로 침범해도 속수무책일 수밖에 없었다.

이경욱 정도 되니까 그나마 사법적 구제 절차를 밟을 수 있었다. 대부분의 경우, 개인 권익이 사적 단체에 의해 침해당해도 그냥 각 개인이 감수하고 넘어갈 수밖에 없다. 우리나라 사법제도의 결함도 있고, 개인 기본권의 사각지대에 대한 보호조치가 결여되어 있어서다.

마침 같은 기사를 신문에서 봤다며 KDI의 수석연구원 김완구가 내게 전화를 해왔다. 그는 KDI에서 노사 관계와 인력 개발 분야를 책임지고 있었다. 관변 경제학자로, 노동계에서도 신망이 두터운 중진 학자였다. 오랜만에 그와 통화를 하면서 내가 제안했다.

"만나서 세상 돌아가는 얘기나 하자."

김완구와 저녁 약속을 하고 통화를 끝냈다.

며칠 후 우리는 MBC 해설위원으로 있는 문희영과 셋이서 인사동 밥집에서 만났다. 오랜만에 만난 우리는 정담을 주고받다가 자연스럽게 노조와의 갈등에서 승소한 이경욱 이야기로 넘어갔다. 김완구가 그간의 경위를 비교적 소상하게 이야기했다. 아마도 이경욱이 노동문제 전문가인 김완구에게 자문을 구했던 모양이다.

"4년 동안 경욱이가 많이 힘들었겠다. 위로라도 해줘야 하지 않나?"

문희영이 이렇게 말하자, 기다렸다는 듯 김완구가 말했다.

"그렇지 않아도 오늘 함께 자리하자고 경욱이에게 얘기했더니 뒤처리할 일이 많다며 다음에 같이하자고 하더군."

김완구의 말이 끝나자마자 내가 걱정스러운 표정을 지으며 말했다.

"은행 내에서 경욱이 유명 인사가 됐겠네. 법원 판결로 경욱이 체면은 섰지만 앞으로 경욱이가 대한은행이라는 조직 내에서 감내해야 할 일이 만만치 않을 텐데… 걱정이다. 그리고 조사부장 정통 코스를 밟고 있었는데… 노조와의 갈등으로 커리어에 흠이 많이 갔을 거야. 지방으로, 또 연수원으로 밀려다니느라 손해도 많이 봤을 거고."

문희영이 고개를 끄덕이며 내 말을 받았다.

"조직 내에서 잘 나가다 본의 아니게 불의의 사고를 당하면 커리어에 큰 상처를 입을 수밖에 없지. 자기 잘못이 아니더라도 조직 생활에서는 누구에게나 닥칠 수 있는 일이야. 팔자타령이나 할 수밖에 없어. 아웅산에서 다치고 돌아와서 내가 겪은 일 잘 알잖아. 정 국장은 언론계를 잘 아니까 이해가 가지?"

문희영은 MBC 9시 뉴스 앵커로 잘 나가고 있을 때 아웅산 사절단에 취재차 동행했다가 현장에서 피폭당해 중상을 입고 귀국했다. 그 후 오랜 기간 후유증으로 시달렸다. 몸이 편치 않으니 주요 보직을 맡을 수 없었고, 그러다 보니 회사 내 주류에서 밀려날 수밖에 없었다.

문희영은 대통령 선거 때 언론계에서 주관하는 대통령 후보자와의 관훈클럽 주최 간담회에서 언론계의 패널리스트로 나갔다. 유력한 대선 후보인 김 모 후보에게 "지금 보청기 끼고 계시지요?"라고 질문하는 바람에 김 후보의 건강 문제가 거론되면서 김 후보 진영에서 반발이 매우 컸다. 그 질문 하나로 백만여 표가 날아갔다며 비난을 받았다. 선거에서 김 후보가 당선되고 나서는 회사 내의 노동조합을 장악하고 있던 김 후보 쪽 사람들로부터 그만두라는 압력을 많이 받았다. 그리고 결국에는 견디지 못하고 퇴사했다. 문희영은 이 일이 있은 지 얼마 지나지 않은 어느 날, 술자리에서 나에게 당시의 일을 하소연한 적도 있었다.

"내가 겪어 보니까, 회사라는 조직 내에서 나를 비난하는 벽보가 대자보 형식으로 여기저기 붙고, 같이 일하던 후배들이나 동료들의 말 한마디, 눈초리 하나하나가 신경을 건드리는데 못 견디겠더군. 나도 정치부 기자로 산전수전 다 겪었다고 자부하며 살았는데 말이야. 외부의 압력 정도는 얼마든지 버틸 수 있었는데… 사내에서 개인적으로 겪어야 하는 정신적인 괴로움은 정말 힘들더라구. 말로 표현하기 어려울 정도야."

문희영은 그때가 생각난 듯 몸서리치는 제스처를 하고 나서 말을 이었다.

"회사 현관과 복도에 게시돼 있는 붉고 푸른 자극적인 글씨의 비난 벽보를 보는 순간, 머릿속이 하얘지더라. 소름이 확 끼치더라구. 나를 어느 특정 집단이 겨냥하고 있고, 그들이 나와 오랫동안 같이 근무했던 동료라는 생각이 들자 배신감이랄까, 뭐 이런 복잡하기 이를 데 없는 혼란스러움을 견딜 수가 없더라구. 물론 추측이지만 노조가 배후에서 영향력을 행사하고 있지 않았나 싶어. 아웅산에서 폭탄을 맞고도 살아남았는데… 뭐든 못 할 게 없다고 생각했는데… 이런 경우 진짜 어쩔 수 없더라구. 개인으로서는 속수무책으로 당할 수밖에 없더라는 얘기야."

문희영은 길게 한숨을 쉬더니 말을 계속 이어 갔다.

"공식 조직으로서 사내의 노조가 갖는 위상은 실로 어마

어마해. 어떻게 보면 조직의 구성원 개개인에게 미치는 그 영향력은 경영층보다 더 클 수도 있어. 이른바 또 하나의 권력기관으로서 군림하는 거지. 그러한 조직 내에서의 위상 때문에 오너가 없는 공기업이나 공공기관에서는 회사 간부나 경영자가 노조와 영합하는 경우가 흔해. 이러한 상황에서 사내의 이런저런 비공식 조직까지 유형무형의 비난을 쏟아내자 정신적으로 감내하기 어렵더라구. 결국 사표를 낼 수밖에 없었지."

문희영의 말에 공감이 갔다. 노동조합이 원래의 목적에 따라 순기능을 할 때는 사용자의 동반자로서 자본주의 경제 발전에 큰 역할을 한다. 하지만 조직의 생리상 정치화하거나 권력 기구화하면 조직의 구성원인 개개인에게는 또 하나의 정부 권력과 같은 공권력으로 작용을 한다. 그리고 개인의 자유와 기본권을 침범하곤 한다. 이것이 노동조합의 현실적인 한계다. 나아가 이것은 노동조합이 새로운 개념으로 재정립되어야 한다는 논거를 제공하기도 한다.

차라리 서구에서처럼 노동조합이 정당을 만들어 자신의 주장이나 정책을 유권자인 국민에게 직접 호소하는 것이 민주주의나 자본주의 발전에 더 생산적이라고 생각한다. 이런 견해는 뜬금없는 머릿속 생각이 아니라, 북유럽과 미국에서 살아 본 내 경험의 소산이다.

노동조합이 조합원의 근로조건 개선이나 임금 인상 투쟁 등으로 조합원들의 사회적 지위를 높이는 순기능이 있지만, 비조합원의 취업을 방해하는 등 역기능을 하는 경우도 많다. 현대 복지국가 개념으로는 일자리 창출이 최고의 복지라 할 수 있다. 비조합원의 노동시장 진입에 노동조합이 장애가 된다면 근로자 전체로 보나 사회적으로 보나 잃어버리는 손실이 더 클 수밖에 없다. 이런 경우 일자리 창출과 근로조건 향상은 서로 반대되는 역기능을 하는 셈이 된다. 그래서 노동시장이 입출입이 쉽게 될 수 있어야 한다. 무엇보다 현대 복지국가에서는 노동시장이 유연성을 갖추고 탄력적으로 운영되어야 한다.

노동문제 전문가인 김완구에게 내가 말했다.

"대한은행 외화운영과장은 조사부장으로 갈 수 있는 자리잖아. 이런 주요 보직에서 사건이 일어났으니 더 안타까울 뿐이야. 대한은행은 수재들의 경쟁이 치열하기로 유명한데, 일단 주류에서 벗어나면 어렵지 않을까? 장기영 부총리가 대한은행 조사부장을 거쳐 부총리가 된 것을 경욱이가 되게 관심 있게 얘기했던 거 알지? 대한은행은 조사부가 핵심이고 정부의 경제정책에도 영향력이 세잖아. 요즘은

KDI가 많은 역할을 하지만 과거에는 대한은행 조사부가 인재 양성의 보고였지."

김완구는 고개를 끄덕이며 내 말을 듣고 있다가 상황을 정리하듯 차분하게 말했다.

"하여간에 사건이라 할 수도 없는 일에 휘말리다 보니 모든 게 꼬여버렸어. 서울지법 판결문에서도 언급했듯이 사건이라 할 것도 없고, 노조의 생트집과 억지에 휘말린 것이라 할 수밖에…."

판결문 요지는 이랬다.

원고 이 씨는 1989년 6월 직속 부하 직원이었던 김 아무개 씨가 노조 단체교섭위원으로 노조에 1개월간 파견 근무하게 되어 자금 관련 업무에 공백이 생기자, 다른 직원을 그 자리에 배치해 업무를 대신하게 했다. 이에 대하여 노조 활동 탄압이라며 노조가 원색적인 표현으로 비난하는 대자보를 은행 내에 붙여 명예가 훼손되었다고 소송을 내었다. 원고가 파견 근무자의 책상을 옮기고 다른 직원을 자금 담당 자리에 배치한 것만으로 노조 활동을 탄압한 것이라고 볼 수 없다.

원고 승소 판결 이유는 또 이어진다.

이어 '은행 내 민주화의 걸림돌로 가증스러운 행동을 일
삼고 있다'고 표현한 것은 원고의 명예를 훼손한 것으로
봐야 한다.

나는 노정계장 시절의 경험을 반추하며 혼잣말하듯 중얼
거렸다.

"경욱이가 법적으로는 이겼지만 조직 내에서 노동조합
과는 앞으로도 계속 불편한 관계가 될 수밖에 없을 거야. 남
녀 간, 특히 부부간에도 합의이혼이 아니고 이혼소송까지
가면 서로 원수가 돼버리고 평생 안 보게 되잖아. 법적 구제
에 호소하다 보면 승소하기 위해 서로의 약점이나 자존심
을 심하게 건드리게 되니까. 이기든 지든 법적으로는 승자
와 패자가 있지만, 인간적으로는 다 같이 패자가 돼 돌이킬
수 없는 강을 건너는 형국이지. 이제는 노조도 노조지만 경
영진과도 껄끄러울 거야."

답답한 마음에 냉수 한 컵을 들이켜고 나는 말을 이어 나
갔다.

"경영진이 경욱이에게 합의를 종용하고 노조 간부들을

징계도 하지 않은 채 사건을 수수방관한 건 분명 잘못이지만, 소송까지 가게 되면서 섭섭함과 앙금이 남을 수밖에 없을 거야. 공공기관 경영진은 정부가 임명하기 때문에 그런 기관에는 주인이 없는 거나 다름없다고 봐야지. 그러니 노조와 좋은 관계를 유지하면서 아무런 잡음이나 분규 없이 무사안일하게 일을 처리하는 타성에 젖어 있게 마련이고. 형식적으로는 경욱이가 이겼지만 앞으로 조직 내에서 모든 일이 순탄치 않을 거야. 결국에는 보이지 않는 불이익을 감수해야 하지 않을까?"

문희영이 내 말에 맞장구를 쳤다.

"어쩌면 언젠가는 자의가 됐든 타의가 됐든 경욱이가 조직을 떠날 수밖에 없을지 몰라. 경욱이가 뛰어난 인재인 건 분명하지만 개인적으로 너무 많은 희생을 치르게 돼버렸지. 노조는 별다른 피해가 없잖아? 손해배상금은 궁극적으로는 노조 조합비에서 부담할 것이고, 금융 노조는 산별노조 체제인 우리나라에서는 화이트칼라 노조라 상대적으로 다른 산별노조보다 힘이 열세인 게 사실이거든. 그러한 금융 노조 내에서 대한은행 노조의 투쟁 역량을 높이 살 것이고, 이러한 사건이 삼사 년이나 걸려 결말이 난다는 것을 행내 모든 구성원에게 보여줬으니 누가 또 경욱이처럼 노조와 개인적으로 싸울 엄두를 내겠어?”

문희영은 속이 타는지 맥주를 거품째 마시고 말을 이었다.

“가족들도 노조원들에게 적잖은 상처를 입었다고 하던데…. 노동조합은 투쟁 과정에서 정치 지향적 조직이라 법적인 제재뿐만 아니라 사적인 폭행 수단도 무분별하게 사용하거든. 개인은 사적 괴롭힘이나 무언의 왕따 행위에 대해서는 속수무책이야. 이번 사건에서 보듯이 사법절차에 의한 개인의 피해 구제는 시간이 많이 걸리고 경제적인 부담도 만만찮아. 직장 내에서는 기강 확립 차원에서 문제를 해결할 수도 있지만, 공기업의 경영층은 노조와 불편한 것을 기피하는 경향이 있단 말이지.”

직장 밖에서의 사적인 인신공격이나 본인과 가족들을 교묘하게 괴롭히는 것에는 뾰족한 대응 방안이 없는 게 현실이다. 내 경험으로 비춰 보면, 대학에서 특정한 학내 이슈에 대해 반대하거나 마음에 안 드는 교수를 집 동네로 찾아가 망신을 주는 방법 등이 그것이다.

나는 두 사람을 번갈아 쳐다보며 내가 알고 있는 상황을 말했다.

“심지어 경욱이네 가족에게도 전화를 걸어서 ‘한국에서

는 앞으로 살 수 없을 테니 이민 가는 게 좋을 것'이라는 등의 폭언을 퍼부어댔다고 해. 이 일로 경욱이 부인이 노이로제에 걸려 드러눕기도 했을 정도야. 그렇다고 서부극에 나오는 것처럼 피해자가 정당방위를 명분으로 직접 자기 자신을 구하거나 보호할 수도 없는 거잖아. 그나마 유효한 것이 언론에서 이러한 문제에 관심을 가지고 여론을 환기시키는 건데, 우리 언론매체는 이런 데까지 관심을 가지지 않지."

그나마 이경욱이 용기가 있으니까 사회적으로 문제를 제기한 최초의 사건이었다. 그래서 조순영 총재가 이경욱의 행동을 그렇게 높이 평가한 것으로 이해되었다.

가만히 듣고 있던 김완구가 말을 보탰다.

"다시 정리하자면, 법적으로는 경욱이가 이겼다고 하더라도 개인적으로 입은 피해로 내상을 크게 입었다고 봐야지 않겠어? 행 내에서 잘 나가던 경욱이의 경력 단절과 법원으로 이 문제가 갈 때까지 수수방관했던 경영진과의 갈등은 여전히 커다란 부담으로 남아 있다는 말에 공감이 가네. 가족들이 정신적으로 입은 상처, 예컨대 한국 최고의 엘리트 직장인 대한은행 간부가 아버지이자 남편이라고 아이들과 부인이 가졌던 자부심과 긍지가 삼사 년에 걸친 지리

한 다툼 과정에서 훼손됐을 것 아닌가. 이런 상처가 쉽게 치유될 리 없지. 실질적으로 노조는 잃은 것이 없고 경욱이만 골병든 게임이었어."

나는 목소리를 높여 한마디 거들었다.

"이번 사건에 대해 언론에서 단신으로 보도하고, 우리 사회에서 별다른 논의나 여론이 형성되지 않은 것은 우리나라 지식인들 사이에 깔려 있는 감상 때문이라고 봐. 노동자와 농민은 언제나 약자이고 도와줘야 할 대상이라고 생각하는 그 감상 말이야. 노동자나 농민에 대해 정부는 탄압을 하고 사용자는 착취하는 존재라고 전제를 하거든. 그리고 그들이 주장하는 건 그것이 무엇이든, 불쌍한 약자로서 하는 정당한 주장이라고 맹목적으로 생각하는 국민 정서가 문제야!"

문희영이 놀라는 표정을 지으며 김완구와 나를 번갈아 쳐다보았다.

"정 국장 같은 관료가 그런 주장을 하는 걸 보면, 우리나라 공무원들이 그렇게 아둔하지는 않은 것 같군! 암튼 자네도 그런 얘기를 함부로 하다가 경욱이처럼 사고를 칠 수도 있으니 조심하게. 특히 나같이 인정사정 봐주지 않는 정론직필의 기자 앞에서는!"

문희영의 말이 끝나자 김완구가 나에게 윙크를 날렸다. 그러더니 웃으며 농담 투의 어조로 말했다.

"문희영 대기자님! 우리 정 국장은 EPB(경제기획원) 출신 관료라는 대단한 긍지를 가지고 있어요. 그런 말 한다고 누가 시비를 걸다가는 논리적으로 EPB 관료를 못 당할걸. 그러니 너무 걱정 마시게."

덩치가 큰 김완구는 이렇게 말하고 벌떡 자리에서 일어섰다.

"우리 다 같이 이 나라와 이경욱이의 장래를 위해 건배하세!"

나와 문희영도 덩달아 일어나 맥주잔을 들고 외쳤다.

"트링켄 지!"

나는 자리에 앉자마자 다시 말을 꺼냈다. 뭔 할 말이 그리 많은 거야, 라는 표정으로 두 사람이 멀거니 나를 쳐다보았다.

"우리 지식인은 이런 경우에 속수무책으로 무력해진다니까. 노동자니 농민이니 하는 계층은 러시아혁명 때나 영국의 산업혁명 때 자본가, 지주에 대립되며 정립된 거 아냐? 다시 말해 마르크시즘적인 오래된 개념 아니냔 말이지. 현대에 와서는 낡은 개념이라고 볼 수 있잖아. 현재 우리나라의 경우를 보면 농업인구는 전체 경제활동 인구의 5%도 안 되고, 그것도 대부분이 기업농이고 자영농은 1~2%에 불과해. 고전적인 의미의 농민 계층은 추상적인 개념일 수밖에 없지. 또 노동조합이 노동자를 대변한다고 볼 수도 없어. 우리나라의 경우 한국노총, 민주노총을 합해도 조직 근로자는 전체 근로자의 10% 수준에 불과해. 이들이 전체 근로자의 권익을 대변한다고 볼 수 있겠나? 이들 노동조합 단체들은 궁극적으로는 조직의 속성상 정치 지향적이어서 비조직 근로자와 영세 자영업자에게 역으로 피해를 주는 행위도 적지 않잖아?"

나는 맥주를 한 모금 마시고는 말을 계속했다.

"예컨대 최저임금 문제, 외국인노동자 문제 등에서처럼 대부분의 근로자는 자영업 종사자나 노조가 없는 영세 중소기업에 종사하는 근로자야. 이들이 이른바 영세민으로서 도시에 사는 서민들이라 하겠지. 이 서민들의 권익은 정부가 주도하든지 정치권에서 대변해야 하는데 그렇지를 못하거든. 대부분의 시민단체나 생산자단체는 각기 영향력을 행사하며 정치권에서 활발히 활동하고 있지만 도시에 사는 소비자를 위해 존재하지는 않아. 여성단체를 중심으로 소비자단체가 그나마 도시의 서민들 권익을 대변해주고 있는 실정이지. 국민의 대다수가 도시에 사는 서민 계층인데 이들을 대변해주는 사회 세력은 미미한 편이란 얘기야. 그에 반해 공허하다 할 수 있는 전근대적 개념인 노동자, 농민에 대한 감상적인 지원은 많은 편이고. 여론 조작을 할 수 있는 언론이나 강남 좌파 또는 진보 지식인을 자처하는 지식층이 사회 전체를 오도하고 있는 상황이라고 볼 수 있지 않겠어?"

말을 많이 해서 그런지 목이 자꾸 탔다. 나는 맥주로 목을 축이고 말을 계속했다.

"이번에 이경욱 사건을 보면 대한은행 직원들의 정서에도 이러한 강남 좌파적인 인식이 저변에 깔려 있지 않나 싶어. 대한은행에서 몇 년 전에 일어난 이른바 독서회 사건도 서울 상대 등 명문대 출신 행원들이 주로 많이 관여돼 있었거든. 대한은행 노동조합의 조합원을 포함해 비조합원인 상당수 간부 직원들이 은근히 노조 편을 들고 있는 느낌이든단 말이야. 그렇지 않으면 노조가 몇 년씩이나 그렇게 오랜 기간 특정인을, 그것도 행 내 간부를 왕따시키는 불법행위를 할 수 있겠나? 국내 최고의 직장인 대한은행 구성원들은 한국 사회에서 지식인이 갖게 되는 '약자에 대한 보상심리' 같은 게 감성적으로 있는 거 같아. 나는 이 같은 관점이 지나치다고 보지 않아."

한직으로 물러난 뒤 독서에 몰두한 문희영이 풍부한 배경지식을 바탕으로 코멘트했다.

"EPB의 현직 고위 관료가 가히 혁신적인 발언을 하네. 현대 사회는 너무 복합적인 요소와 정치적 여건이 상호 영향을 주며 사회 현상을 이끌어 가고 있어서 단정적으로 말하기는 쉽지 않지만, 정 국장 이야기도 일리는 있어. 요즘 정치권이나 언론에서 거론되는 정책이나 사회 현상을 보면, '노동자, 농민은 착취당하는 불쌍한 계급'이라는 감상적이고 추상적인 인식이 사회 저변에 깔려 있어. 중산층이라고 볼 수 있는 도시 화이트칼라의 주력은 인텔리겐차, 즉 지식인으로 스스로 자신들이 이 나라의 민주화를 이뤄 냈다고 자부하는 그룹이야. 이러한 계층이 언제나 노동자, 농민을 전근대적으로 인식하는 게 문제지. 그리고 그것이 사회정의인 양 호도되고 있는 것 또한 사실이고. 그러니까 독일 등 서구에서 십여 년 이상 논쟁을 끌어오며 시장에서 이미 실패로 끝났다고 결론이 난 경제적 민주주의나, 남미 여러 나라들이 이미 겪은 포퓰리즘적인 구호가 여과 없이 일반 대중에게 먹혀들어 가고 있지. 이런 현실이 우려스러워."

나는 문희영의 견해에 동조했다.

"자네, 요즘 책 많이 읽은 표시가 나는군! 해방 직후에 대부분의 지식인들이 사회주의 사상에 휩쓸려 들어갔잖아? 그래서 월북한 지식인이나 예술가들도 많았고. 이들 대부분이 동경 유학생이거나 지주 계층의 자제로 고등교육을 받은, 이른바 부르주아지 또는 인텔리겐차로 불리는 지식층이었거든. 이들은 직접 노동을 수단으로 하는 생산활동에는 참여하지 않으면서도 의식주 걱정 없이 사는, 다시 말해 화이트칼라로 불리며 지성인으로 자처하는 부류야. 이들이야말로 감상적 사회주의자, 또는 우물 안 개구리처럼 자라서 국제 감각도 없으면서 그저 민족 지상주의만 지향하는 민족주의자라 할 수 있지. 지금 한국은 삼사십 년 전으로 회귀하고 있는 것 같아."

문희영은 고개를 끄덕이며 대답했다.

"맞아! 언론계도 이상하게 민족 지상주의나 우리 문화의 배타적 우월성 등을 편향되게 보도하는 경향이 있어. 특히 젊은 기자들의 의식 밑바탕에 그런 게 흐르지. 이들은 또 반미주의 경향이 있어."

경제기획원 초임 사무관 시절부터 인구문제를 다뤄 봐서 인구정책의 전문가로 자처하고 있는 나도 다음과 같이 화답했다.

"이들은 산업화 세대가 이뤄 놓은 물질적 풍요 속에서 잉태된 운동권과 베이비붐 세대로, 대부분 '배고픔', '보릿고개' 같은 단어가 주는 가난의 의미를 정확히는 모르고 성장했어. '왜 굶어요? 라면이라도 먹으면 되지?'라고 말하는 세대가 우리 사회의 중산층을 이루고 있다고 봐야지. 한마디로 한국 사회의 개념이 없는 세대, 아니 잃어버린 세대라 할 수 있지 않겠어? 이들 계층이 민주화의 주도 세력으로 자처하며 사회 여론을 주도하고 있어. 그리고 산업화 세대는 속수무책으로 수수방관하고 있는 게 작금의 우리나라 현실이지."

김완구가 이코노미스트답게 명철한 분석으로 한국 지성인들의 현주소를 말했다.

"이들이 가난에 대하여 당연히 모를 수밖에 없다고 생각해. 유현목 감독의 영화 〈오발탄〉의 표제에 실려 있는, 붉은 글씨로 '일자리를 찾아요'나 '나는 실업자예요'라고 쓴 띠를 머리에 두르고 힘없는 눈초리로 전봇대 기둥에 기대어서 있는 젊은이들의 절망적인 감성을 이해하지 못하는 것은 당연하다고 봐. 그들은 태어나 보니 '마이카my car'가 있는 중산층의 자녀들이니까. 서울 상대를 50년대 중반에 나온 유명한 시인이자 기인이랄 수 있는 천상병 시인의 시에 나오는 '가난함'에 대한 시 구절을 이해하기가 어렵겠지."

　잠깐 말을 멈춘 김완구는 뭔가 생각하는 듯하더니 조용히 천상병 시인의 시 〈나의 가난은〉을 읊조렸다.

　　오늘 아침을 다소 행복하다고 생각하는 것은
　　한 잔 커피와 두둑한 담배,
　　해장을 하고도 버스값이 남았다는 것.

　　오늘 아침을 다소 서럽다고 생각하는 것은
　　잔돈 몇 푼에 조금도 부족이 없어도
　　내일 아침 일도 걱정해야 하기 때문이다.

　　가난은 내 직업이지만
　　비쳐오는 이 햇빛에 떳떳할 수 있는 것은
　　이 햇빛에도 예금통장은 없을 테니까.

　엄숙한 표정으로 가만히 듣고 있는 우리를 흘깃 한번 쳐다본 김완구는 할 말이 많은 듯 다시 말을 계속했다.

　"실업자의 어려움이나 일자리를 구해야 한다는 절박함을 그들은 잘 모를 거야. 그런 부분에서 우리 세대들하고는 전혀 다르다고 봐야지. 대부분 뼈 빠지게 일해서 오늘의 한국 경제를 만들어 낸 부모들이 그들을 굶게 하거나 거리를 헤매며 일자리를 구하러 다니게는 안 할 테니까. 지금의 젊은 세대에게 일자리는 그들이 원하면 당연히 언제든지 구할 수 있는 것으로 보는 경향이 있어. 그러니 조금이라도 나은 개인의 근로 조건 개선에만 관심을 가질 수밖에 없지. 그들의 무리한 요구가 다른 계층의 일자리를 없애버리게 되는데… 그들은 그런 것에는 관심이나 흥미가 없어. 일자리라든가 실업이라는 단어는 자기 일이 아니라고 생각하며 무관심으로 일관하는 태도가 우리나라 노동계의 악순환을 초래하는 시발점이야, 사실은."

나는 김완구의 말에 고개를 끄덕이는 것으로 공감을 표한 후, 내가 겪었던 일이 생각나서 의견을 보탰다.

"우리나라의 지식층이라고 하는 대학생들이나 외국에서 공부하고 돌아온 젊은 교수들은 정부 정책에 심정적으로 반대를 하는 것이 지식인의 몫이라고 생각하는 것 같아. 그러면서 선배들을 어용이라는 프레임에 일단 가둔 뒤에 경제성장의 주역인 노동자, 농민이 자기 몫의 충분한 보상을 못 받고 있다고 감성적인 논리를 펴는 거지. 그렇게 반미주의자가 돼야 사회적으로 행세할 수 있다고 믿는 것 같아."

말을 멈춘 나는 두 사람을 번갈아 쳐다보고 나서 내가 유학 시절에 겪었던 체험을 밝혔다. 그 내용은 이렇다.

1980년대 중반 나는 국비 장학생으로 미국 유학을 떠났다.

M대학교가 소재한 미국 중서부의 겨울은 몹시 추웠다. 알래스카에서부터 휘몰아쳐 내려오는 북극의 차디찬 삭풍을 막아줄 산맥이 없어서였다. 그리고 미시간호가 바로 옆에 있어서 더 그런 것 같았다. 어쨌든 시카고를 비롯한 중서부의 겨울은 기온이 영하 30도까지 내려가기 일쑤였다. 바람이라도 세게 부는 날에는 체감온도가 영하 60도가 될 때도 가끔 있었다. 캠퍼스 내 아파트 주차장에 세워둔 승용차 대부분이 아침에 시동이 안 걸려 충전 장치를 해놔야 했다. 서울에서는 상상하기 어려운 혹한이었다. 한반도에서 가장 춥다는 압록강변의 중강진보다 더 춥다고 보면 맞을 것 같다.

1월 학기부터 윈터 스쿨 강의가 시작되어 대학원 아파트 주차장에서 방한복에 털모자를 뒤집어쓰고 백팩을 멘 모습으로 스쿨버스를 기다렸다. 같이 유학을 온 경제기획원 동료 과장 C와 함께 버스를 탔다. 미국 대학 학생으로 처음 등교하는 날이라 어린아이처럼 가슴이 설레기도 하고, 미지의 대학 생활에 대한 두려움도 있어 잔뜩 긴장해서 버스에 올랐다.

버스 안은 만원이었는데 학기 시작 첫날이라 그런 것 같았
다. 캠퍼스까지 20분 정도 걸리는 거리이므로 서서 가도 견딜
만했다. 버스 안에는 한국인 학생들도 몇 명 보였다. 미국 대학
스쿨버스라 그런지, 학기 시작하는 첫날이라 서로 조심해서
그런지 숨소리가 들릴 정도로 버스 안은 조용했다. 그런데 얼
마 지나지 않아 이런 침묵을 깨는 귀에 익은 한국말 소리가 들
렸다. 한국말로 하는 대화였기에 나도 모르게 귀를 기울였다.

"요즘 한국에서 국비 장학생으로 공무원들이 우리 대학에
도 여러 명 유학 와 있다는데, 그 사람들 와서 공부는 제대로
안 하고 놀기만 한다는 소문이 있어. 그 사람들 사실 ○○○
앞잡이도 못 되고 뒷잡이밖에 안 되는 꼬붕들 아니야?"

"우리 국민들 세금만 축내고 있지. 한심해. 지금 ○○○ 정
부 하는 꼴이라니. 걸핏하면 나라 위해 뼈 빠지게 일하는 노동
자들이나 탄압하고 말이야! 십여 년 전에 '전태일 사건'을 겪
고도 아직 정신들 못 차리고 있잖아."

"군인 출신, 이 자들이 뭘 알겠어? 우리 노동자들만 골 빠
지지. 지금 와 있는 공무원들 말이야 영어가 안 되니까, 저희
끼리 몰려다니면서 캠퍼스에 김치 냄새만 진동시킨다고 미국
학생들이 비웃고 있어."

나와 C 과장이 버스에 타고 있는 것을 의식하고, 일부러 우

리 들으라고 소리를 약간 높여 수군대는 것이 분명했다. 우리는 순간 당황했지만, 외국 학생들도 있는 버스 안이라 쓴웃음을 지으며 가만히 있을 수밖에 없었다.

그 후에도 캠퍼스 내의 한국 학생들 사이에서 들려오는 소문은 대부분 공무원 유학생들에 대해 비방하고 야유하는 소리뿐이었다. 심지어는 가족들까지도 한인 교포 사회에서 왕따시키며 말이나 간접적인 표현으로 괴롭혔다. 앞으로 2년 동안의 유학 생활을 무사히 마치려면 현지 한국 유학생들과의 관계를 정리해야 했다. 우선 대화를 해봐야 할 것 같았다.

국비 장학생으로 유학을 와 있는 공무원들이 각 부처에 이십여 명 정도 되었다. 한인 학생회의 협조를 얻었다. 학기 중에 봄방학이 있어 대학원 아파트 내의 커뮤니티 센터에서 오후 8시부터 다음 날 새벽 4시경까지 현지 한국인 유학생들과 공무원 출신 유학생들 간의 정부 정책에 대한 토론 모임을 제한 없이 가졌다. 각 부처에서 온 소장 사무관 이상 엘리트 공무원들인지라 자기 부처 소관 사항에 대해 질문이 있으면 솔직하고 진지하게 대답했다. 그렇게 분위기를 우호적으로 바꾸는 데 성공했다. 그런데 마지막으로 사회학과에서 박사과정을 밟고 있다는 학생이 일어나더니 거친 목소리로 말했다.

"공무원들이 교묘하게 질문을 피해 가지만, 현실은 한국의 노동자들이 정부의 무지막지한 탄압으로 고통 받고 있다는 겁니다. 여기 와서 놀고 있으니 고국의 현실을 외면하는 소리만 늘어놓고 있잖아요!"

누군가 했더니 처음 등교하는 날 버스 안에서 우리를 야유하던 그 친구였다. 의외의 돌출 행동에 분위기가 다소 소란스러워졌다.

"조용히들 하시오!"

잠시 후 중후한 바리톤 목소리가 들렸다. 은발이 멋있게 보이는 한국 출신의 교수가 일어나서 점잖게 꾸중하듯 말했다.

"미국에서도 그간 발전 과정에서 노조 문제가 심각했지만 잘 수습이 돼 현재는 큰 문제가 없어요. 대표적인 사례가 항공업계에서 일어난 관제사들의 파업일 거예요. 그때 정부의 원칙적인 자세에 혼란 없이 잘 수습된 걸 다들 알 거예요. 미국 산업계에서 노조가 분쟁을 일으켜서 성공한 일이 없어요. 한국 같은 개발도상국에서는 노조가 많은 문제를 일으키면 한국 경제는 무너지게 돼 있어요. 오늘 토론 아주 잘 됐어요. 여기에 와 있는 공직자 여러분들, 열심히 공부하시고 이다음에 한국에 가서 큰일을 하기 바랍니다."

그 교수는 화학과 소속으로 미국 대통령상까지 받은, 미국의 노벨상 후보로까지 거론되는 저명한 Y 박사였다. 이 분의 권위 덕분인지 어수선했던 장내 분위기가 차분히 가라앉았고, 밤새워 가며 장장 8시간이나 진행된 토론회는 성공적으로 끝났다.

그 후 한국 유학생들과 공무원 유학생들 사이에 신뢰 관계가 형성되었고, 서로 도와가며 잘 지내는 분위기가 조성되었다.

나의 체험담을 듣고 김완구가 거들었다.

"내가 미네소타대학교에 있을 때 미시간호를 끼고 있는 이웃 대학인 M대학교에서 그런 일이 있었다고 들었어. 그 자리에 있었던 당사자가 다경이 자네였구만. 그 사회학과 대학원생은 과거에도 과격한 발언을 심심치 않게 일삼았지. 그 친구는 나와 서울대학교 문리대 동기인데 대학 다닐 때부터 운동권으로 활동했어. 그리로 유학을 가서도 독설가 버릇을 못 버렸다는 풍문을 들었어. 귀국해서 서울의 모 사립대학교 교수로 있으면서도 반미주의를 내세워 대학생들을 오도했지. 나중에는 육이오 북침설을 주장하다가 용공 사건에 연루돼 감옥에 갔다 왔다고 해."

운동권 출신들이 다 그렇지는 않지만 토론하다가 할 말이 막히면 "여하튼 노동자를 정부가 탄압하고 있다"는 프레임을 씌우고 "재벌이 노동자를 착취하고 있고, 불쌍한 농민들을 위해 정부의 무한한 지원을 받아내기 위해선 투쟁을 해야 한다"는 단순 논리를 펼친다.

이러한 사회 분위기 때문인지 노동조합도 본연의 기능과는 상관이 없는 정치적인 이슈나 사회문제에 집단의 힘을 과시하면서 정치권력으로 변신하는 게 한국적인 현실이다. 내 오래된 생각처럼 우리나라도 유럽에서 흔히 볼 수 있는 노동자를 대변하는 '노동당'이 만들어지는 것이 애매모호한 사회의 회색지대를 없애고, 순수한 노동자의 권익을 지키는 데 더 효과적이지 않을까 싶다.

운동권은 노동계를 활용해 도구화하지 말고, 자기들만의 정치 영역을 가지고 한국의 순수한 정치 발전에 기여하는 것이 사회 전체에 도움이 될 것이라는 생각도 한다. 그들은 현실을 제대로 파악하지 못하고 있을 뿐 아니라, 경제 논리나 국제적인 환경 변화에도 관심이 없다. 오로지 '우리 민족끼리'라는, 다소 교조적인 이념에서 벗어나지 못하고 있다. 그리고 대부분 정치 지향적이라 노동조합도 자기들 권력 의지의 방편으로 삼아 그들을 이용한다. 이것이 내가 보는 한국의 현실이다.

나는 김완구에게 궁금증을 물었다.

"특히 미국 유학을 마치고 국내외 연구기관이나 대학에

적을 두고 있는 사람들 중 반미주의자가 적잖다는 점이 이해가 되지 않아. 왜 그런가?"

"미국 유학생 중에 반미주의자가 많은 것은 이공계보다는 인문사회계열 출신자들이 많지. 그 이유로 서너 가지를 들 수 있네. 우선, 언어장벽의 문제인데 인문사회계열은 이공계보다 언어의 문제를 극복하는 것이 쉽지 않아. 그 때문에 학부를 미국에서 안 나오면 미국에서 박사학위를 취득했다 하더라도 미국 내 취업이 쉽지 않지. 그리고 학위논문 주제도 한국 관련이 많아. 언어 문제 때문이지. 한국 이슈의 논문이기에 미국에서 유용성이 낮을 수밖에 없고."

김완구는 강의하듯 차분한 음성으로 말을 이었다.

"그 다음으로는 인종차별이지. 미국 유학 가서 살면서 인종차별을 경험하게 되거든. 흔히 볼 수 있는 모습이지. 언어상에 다소 장애가 있더라도 리스닝은 되니까 흑인들로부터 받는 인종차별적 언사에 상처를 많이 받게 되거든. 흑인들은 자신들이 백인들과 더불어 미국을 만든 주인이라는 의식이 아주 강해. 그래서 황인종이나 히스패닉에 대해 노골적으로 차별을 하는 것을 쉽게 볼 수 있어. 흑인들에 대해 막연한 우월감을 갖고 있는 한국인 유학생들은 자존심에 큰 상처를 받지. 그리고 일반적으로 미국에서 인문사회계

열 공부를 하면 장학금 외에 아르바이트로 생활해야 하기 때문에 경제적으로 매우 어려워. 미국에 살면서 대도시의 일류 백화점에 못 가본 사람들이 수두룩해. 미국의 중산층이 누리는 생활을 경험하지 못하니까 미국 중산층의 건실하고 풍요로운 삶에 대해 잘 모르고 귀국하게 되는 거지. 그래서 미국을 동경하면서도 혐오하게 되지."

"김 박사의 분석이 역시 예리하구만. 미국 사회를 지배하는 정신의 뼈대는 보수주의 청교도 윤리지. 이런 사실을 잘 모르고 미국 생활을 하다가 귀국하면, 미국을 진보주의 사회라고 잘못 알게 되지. 유학파가 진보 또는 좌파에 적극 동조하게 되는 배경이야."

"정 국장의 분석력도 날카롭네! 한국에서는 정부 정책에 대한 지식인들의 비판이 주목을 받으니까, 미국 유학 경험자 가운데 정책 수립에 참여하지 못하고 주류에서 벗어난 사람들이 특히 반미주의자로 활동하는 것 같아. 그러나 아이러니하게도 이들 가운데 상당수는 자기 자식들은 동경의 대상이기도 한 미국 시민으로 살기를 원하는 이중적인 행태를 보이지. 이러한 모순된 정서가 한국 사회의 지식층의 반미 성향 행태라네."

"미국과 캐나다에서 오래 살았던 김 박사의 체험적 통찰력 덕분에 평소 궁금증이 많이 풀렸네. 앞으로도 자주 만나 세."

"내 경험담을 말하라면 언제든지 하겠네. 아…, 시간이 벌써 이렇게 흘렀나?"

담론이 열기를 더하는 바람에 밤 10시가 훌쩍 넘었다. 우리는 서로 쳐다보고 웃으며 토의에 만족스럽다는 표정을 나타냈다. 또한, 이경욱 때문에 무거운 주제로 서로 열변을 토하다 보니 공허하다는 생각이 들기도 했다. 취기도 가셨다.

우리는 밥집에서 나와 무교동으로 자리를 옮겼다. 개인적인 이경욱 일을 이야기하다가 다소 골치 아픈 이야기랄 수있는 우리 사회의 제반 문제까지 거론해서인지 머리가 좀 무겁다는 느낌이 들었다. 참새구이 집 정종 대포가 그런 우리세 사람의 머리를 가볍게 어루만지며 입맛까지 돌게 했다.

정종으로 입가심을 한 문희영이 기자 출신답게 멋진 솜씨로 익숙하게 폭탄주를 만들어 돌렸다. 우리 셋은 모처럼대학 시절로 돌아가 낭만 가객이라도 된 듯 들떠 있었다. 무교동의 밤거리는 중년의 우리를 어머니처럼 품으며, 모든고뇌와 시름이 어딘가로 흘러가 자취를 감추게 해줬다.

"오늘 이 시간에 경욱이는 얼마나 외로움을 타고 있을까? 앞날이 걱정돼 잠을 못 이루는 밤이 되겠지. 참으로 안타깝다!"

우리가 서로 헤어지며 뱉은 마음속의 한탄이 취기와 함께 허공에 맴돌았다.

법원의 승소 판결이 있고 얼마 후 우리의 걱정은 현실이 되어 나타났다. 이경욱이 서울대학교 상과대학을 다니던 홍릉 시절부터 고이 가꿔 왔던 대한은행에서의 꿈을 자의 반 타의 반으로 접었다. 평생을 바쳐 일하던 대한은행을 떠날 수밖에 없게 된 것이다.

이경욱 없이 셋이서 만나고 얼마 후, 이번엔 이경욱을 포함한 네 사람이 북창동 참새구이 집에서 자리를 함께했다. 이경욱이 제안한 모임이었다. 넷이 만난 지는 실로 오랜만이었다. 새해가 들어서고 얼마 지나지 않은 어느 1월 저녁이었다. 우리 모두는 이경욱이 삼사 년여 끌던 사건을 마무리 짓고 새로운 마음으로 대한은행에서 다시 근무하는 줄 알았다. 그렇게 가벼운 마음으로 약속 장소에 갔다. 고소한 참새구이 냄새가 우리를 반갑게 맞이했다.

새해 덕담을 나누며 흥겹게 권커니 잣거니 몇 순배 따끈한 정종 대폿잔이 오갔다. 얼굴이 불콰해진 이경욱이 신상 발언을 했다.

"얼마 전 연수원에서 본부로 발령을 받았어. 예상은 하고 있었지만 그래도 혹시나 했는데, 내가 기대하던 국제금융부 자리가 아니어서 조금 실망했지. 시중은행 감독 업무를 주로 하는 은행감독원에서 일하게 됐어. 새로운 업무라 커리어 관리상 괜찮기는 해. 그런데 그동안 사건에 휘말리면서 대한은행에서의 내 장래에 대해 진지하게 생각을 좀 했거든."

우리는 말없이 이경욱의 다음 말을 기다렸다. 그가 조금 뜸을 들이더니 분위기가 가라앉아 있음을 알아차렸는지 단숨에 대폿잔을 비웠다.

"아, 아! 우리 다 같이 한 순배 더 하자. 크, 술맛 나네!"

우리는 이경욱의 오버액션을 그저 말없이 지켜봤다.

"나 말이야 아무리 생각해도 대한은행을 떠나야 할 것 같아. 사건을 수습하면서 오랫동안 이 생각 저 생각을 했어. 막상 사직 당국에서 사건 종결 통보를 받고 나니까 허망하더라구. '대한은행이라는 조직에서 노조 이외의 보이지 않는 세력과 더 어려운 마찰을 겪어야 하지 않을까? 사법부의 판단으로 법적인 구제는 됐지만 이젠 경영진과의 갈등도 더 생기지 않을까?'라는 생각도 들고. 또 내가 그동안 무슨 필생의 과업처럼 지키려고 아등바등했던 내 삶의 원칙이 제3자 관점에서는 별거 아니겠지 하는 생각이 들기도 하고…. 앞으로의 나머지 인생을 어떻게 보내야 할까, 나름대로 이른바 '성찰'을 해봤어."

"…."

"그래서 얻은 답이 처음부터 다시 시작해봐야겠다는 거였어. 더 나이 먹기 전에 대한은행을 떠나 새로운 길을 찾아보기로 했다, 이거지!"

"…."

마음속 깊은 곳에서 갈증이 나는지 물 한잔을 벌컥벌컥 들이켜는 이경욱을 우리는 아무 말 못 하고 숨죽여 바라보기만 했다.

"조 총재 말씀처럼 나 개인의 기본적인 권리를 침해당하고도 조용히 침묵으로 감수하지 않고 대항했어. 그리고 행 내에서 조직원으로서 많은 어려움이 있었음에도 불구하고 '나' 자신을 잃지 않고 지켜 냈어. 이런 점이 지금 생각해도 나 이경욱다웠다고 생각해서 후회는 안 해. 내가 내 자존과 긍지를 지키고, 행 내에서 하나의 원칙이라고 할 '조직원으로서의 권리는 노조가 됐든 누가 됐든 아무도 침해할 수 없다'는 선례를 만들었다는 사실이 얻은 것이기는 해. 그렇지만 잃은 것도 많아."

"…."

"같은 동료인 노동조합원 행원들이 나에게 인간적으로 감내하기 어려운 상처를 줬기에 나 역시 그들에게 증오심을 가졌지. 그들뿐 아니고 경영층, 그리고 다른 구성원들에게도 기억하고 싶지 않은 모양새를 보여줬어. 이런 점이 잃은 것이지. 과연 내가 취한 방법 외에 다른 방도는 없었을까, 하는 의구심과 자괴감이 나를 어지럽게 하더라고…."

경청하던 문희영이 모처럼 기자 냄새를 풍기며 질문을 던졌다.

"너무 어렵게 생각하는 거 아냐? 노조가 부당하게 조직원을 동원해서 구성원을 괴롭혔고, 법원에서 그 당사자인 자네의 명예와 권리를 지켜주는 판결을 내렸어. 그렇게 단순하게 생각하면 되잖아? 지나치게 깊이 고민할 필요가 뭐 있어?"

김완구도 걱정스러운 말투로 물었다.

"그래서 어떻게 하려구? 자네가 기대한 자리는 아니겠지만, 새로운 자리에도 별 불만이 없다니까 지나간 일은 접어두고 다시 열심히 일하면 되잖아? 뭐, 특별히 구상하고 있는 계획이라도 있어?"

"대한은행에서의 꿈을 접고, 서구에서 수백 년 걸친 투쟁

끝에 왕권이나 정부라는 공권력으로부터 쟁취한 개인의 기본권이 어떻게 보호받고 있는지, 그리고 자본주의 경제의 중요한 파트너인 노동조합의 행태가 현실 사회에서 개인에게 어떠한 영향을 주며 존재하는지 알고 싶어. 노동조합 외에도 개인의 생존권 보호를 위해 생산자단체 등 많은 시민단체들이 현대 사회에 생겨나서 활동하고 있는데, 그들의 실제 시민사회에서의 순기능과 반작용을 공부하고 싶기도 해. 그래서 대한은행을 떠나기로 결심했어."

"…"

"내가 대한은행 런던 사무소에서 근무한 적이 있잖아. 그때 인연도 있고 해서 알아봤는데 '유러머니Euro Money'라는 국제금융 전문 언론사에 객원 연구위원 자리가 마침 나왔더라구. 내가 의사 타진을 해보니까 내 커리어를 참작했는지, 한국 경제의 위상이 높아져서 그런지 초청을 받았어. 이삼 년간 런던에 가서 내 전공인 국제금융 시장 공부도 하고, 아까 말한 내가 관심 가지고 있는 주제에 대해 본 고장에서 연구하려고 해. 그래서 자네들하고 먼저 의논을 하고 싶었는데 예상 밖으로 절차가 빨리 진행되는 바람에 오늘 만나자고 한 거야. 미안하네. 사실 대한은행에는 지난주에 사직서를 냈어."

"…."

"휴직도 고려했는데 그러면 미련이 남을 것 같아서…. 대한은행이 워낙 근사한 직장이잖아. 아쉽지만 결단을 내렸지. 새로운 세계에 발 디디는 것에 두려움도 있지만 용기를 가져야지. 이해해주기 바라네. 나로서는 막다른 골목에서 내린 결정이야. 내가 좀 별나지?"

"…."

우리는 묵묵히 술잔만 기울였다. 이경욱이 지난 몇 년간 얼마나 외로운 투쟁을 벌였으면 청춘의 꿈을 키워준 대한은행을 떠날 생각까지 했을까. 그의 앞날에 어두운 그림자가 드리우지 않기를 바랄 뿐이었다.

한국 경제계는 또 한 사람의 인재를 잃어버렸다. 이 안타까움에 내 마음은 우울했다. 한편으로는 불의를 보고 참지 않았던 그의 용기가, 그의 도전이 먼 후일 우리나라 기본적 인권 보호 운동의 소금이 되리라 기대했다. 용감한 자는 가끔 손해를 보지만 이들의 선구적 실천력 덕분에 우리가 인간으로 태어날 때부터 부여받은 천부적 인권이 보장된다. 이경욱이 거목으로 성장해 한국 사회 발전에 일조하기를 기원했다.

환송

　두 달 후에 김완구를 비롯한 친구들 몇과 함께 영국으로
떠나는 이경욱의 환송회를 가졌다. 강남 교대역 근처에 있
는 한정식집 '두리반'에서였다. 이 식당은 KDI나 서울 상대
교수들, 그리고 경제관료들이 자주 이용하는 곳으로 목포
음식을 전문으로 하는 집이었다. 편안하게 담론을 나눌 수
있는 곳이기도 했다.

　주인인 추 사장과는 방배동 '유나' 때부터 친숙한 사이였
고, 우리 주변에 일어나는 웬만한 소식은 추 사장을 통해 대
충 알곤 했다. 어찌 보면 관변 이코노미스트들의 사랑방 같
은 곳이었다.

다들 일찌감치 와서 주로 이경욱의 장래에 대해 따뜻한 대화들을 하고 있었다. 외국으로 떠나는 이에 대한 환송회가 늘 그렇듯 감상적인 분위기가 감돌았다. 그래도 잠시나마 못 볼 벗에 대한 위로 겸 격려의 말이 오가면서 환송주가 한 순배 돌아서 그런지 들뜬 분위기도 조금은 엿보였다.

제일 늦게 도착한 것 같아서 미안하다는 인사를 좌중에 건네고 자리에 앉는데, 참석하기로 한 김민호가 보이지 않았다.

"김 교수 오랜만에 보고 싶었는데 오늘 참석 안 하나 보지?"

김완구가 내 말을 받았다.

"조금 늦는다고 먼저 시작하래. 내게 연락이 왔었어. 그 친구 요즘 바쁘잖아. 운동가 티를 낸다고 내가 핀잔을 좀 쳤지. 아마도 한 시간 정도 늦을 것 같으니, 우리끼리 먼저 경욱이 환송회를 거하게 시작합시다요."

문희영이 뭔가 아는 척 거들었다.

"김민호 교수 요즘 TV에도 자주 나오고, 경실련 활동에도 깊이 관여하고 있어서 바쁘겠지."

"김 교수는 2차에 합류하는 것으로 하고, 우리 오리지널 멤버끼리 1차 환송회를 합시다."

김완구가 웃으며 건배를 제의했다.

"트링켄 지!"

"경욱아! 건강하게 유럽에서 잘 지내다 오시게!"

우리는 오이 소주를 맥주잔에 가득히 부은 다음 다 같이 일어나 어깨동무를 한 채 '원 샷!'을 외쳤다. 누가 먼저랄 것도 없이 다들 기분 좋게 들이켜고는 이경욱의 장도를 비는 박수를 쳐 댔다. 권커니 잣거니 잔이 오가고 아직 오지 않은 김민호가 자연스럽게 술안주가 되었다. 문희영이 먼저 포문을 열었다.

"김 교수, 정 국장이랑 고3 때 같은 반이었는데, 김 교수가 3학년 1반 1번으로 제일 앞에 앉았거든. 그리고 반 번호와 같이 1등을 했어. 그 바람에 3학년 1반을 우리 스스로 3학년 8개 반 중에 수석반이라고 자랑했지. 자연스럽게 김 교수가 우리 반의 간판이 돼버렸어."

이경욱이 문희영의 말을 받았다.

"김민호가 상대도 수석 합격할 거라 기대를 모았는데… 이른바 문과 꼴찌 반인 우리 3학년 3반의 박진곤에게 수석을 빼앗기고 말았지."

우리 모두 이구동성으로 "그랬었구나"를 연발하며 김민호에 관한 일화를 이어 갔다.

김완구가 뭔가 생각났다는 듯 말했다.

"김민호도 상대 졸업하고 대한은행에 들어갔지만 오래 못 다녔지, 아마."

내가 이를 받아 한마디 아는 척을 했다.

"대한은행에 입행하고 몇 달 다니지 못하고 해직됐어. 그 당시 언론에 크게 보도됐던 서울대생들의 독서회 사건에 연루돼 대한은행에서 해직된 거였지."

나는 술 한 모금을 마시고는 바로 말을 이었다.

"외환은행 같은 경우에는 그 사건에 연루됐던 행원을 징계하는 것으로 마무리했는데, 대한은행은 민호에게 면직 처분을 해버렸어. 그러니 어디에 구제를 요청할 수도 없던 거지. 대한은행이 통화 금융 정책에 대해 정부로부터의 독립성을 강하게 주장할 때와는 다르게, 소속 행원에 대한 징계 조치는 공무원보다도 더 유연하게 처리하지 못하는 경우가 있어. 경영진의 이중적 행태라 볼 수 있는 부분이지. 지나간 얘기긴 하지만…"

김완구가 내 말을 받아서 이었다.

"민호가 입행한 지 1년도 안 돼 대한은행에서 해직되고 10여 년간 고생 많이 했지."

내가 김민호에게 직접 들은 이야기가 있어 김완구의 말

을 거들었다.

"맞아. 그 대강의 내용을 민호에게서 들은 것이 있지. 사법 처리가 된 것도 아니고, 단지 그냥 대한은행에서 면직 처분을 받은 거라서 그것으로 사안이 매듭됐다고 생각한 거야. 해직되고 나서 다른 사기업인 Y 약품에 취직을 했다더라구. 취업해서 얼마간 다니다 보면 새로운 직장에서 인정을 받아 앞날의 설계도 할 수 있었을 거 아냐? 젊은 날의 일시적 상처는 마음먹기에 따라 바로 치유될 수도 있잖아? 아직 이십 대의 젊은 나이니까 말이야. 그런데 Y 약품 경리과장으로 몇 달 다니다가도 특별한 이유 없이 해고당하고, 또 다른 중소기업에 취직이 돼도 별다른 이유 없이 쫓겨나다시피 직장을 그만두게 되더라는 거야. 그런 식으로 거의 십 년 가까이 낭인 생활을 하게 된 거지. 지나간 십 년의 잃어버린 시간을 얘기하며 한숨을 푹푹 쉬는데 나도 가슴이 답답해서 혼났어."

내가 지난 일을 회상하며 잠시 숨을 고를 때 다른 사람들은 아무 이야기 없이 서로를 바라보기만 했다. 내가 다시 말을 이었다.

"민호가 알아보니, 정보기관에서 민호가 취직한 기업들에게 모종의 압력을 가했다더군. 어쩔 수 없이 해고시킬 수밖에 없었다고 업주들이 얘기하더래. 눈에 보이지 않는 공권력의 권한 남용 행위지. 하지만 불법 부당한 불이익을 당하고도 구제를 요청할 데가 어디에도 없더라는 거야. 이런 경우에 사법적 구제 절차라는 것은 아무런 의미가 없는 형식적인 제도에 불과하잖아. 다들 알잖아? 이런 말을 해서 좀 그렇지만… 경욱이는 그나마 사법적 절차에 호소해서 구제라도 받았고, 또 그런 면에서 어쩌면 다행인 셈이기도 하고…. 아, 물론 일개인이 받은 피해가 완전하게 원상 회복됐다고는 볼 수 없지만, 그래도 명예는 회복된 셈이라고 봐도 무방하잖아. 민호의 경우를 보면, 공권력의 권력 남용에 대해서 일개인은 무력할 수밖에 없어. 사법적 구제 절차의 사각지대라 할 수 있지. 당연히 직장을 제대로 가질 수 없으니 가난한 생활을 할 수밖에 없잖아. 그 당시 생활을 돌이켜 보면 너무 비참했다고 민호가 가끔 넋두리 비슷하게 말하곤 했어."

가만히 듣고 있던 김완구가 내 말 틈새를 비집고 들어왔다. 호시탐탐 말할 기회를 노린 사람처럼 그는 빠르게 말했다.

"안정된 직장이 없다 보니 경제적으로 심한 고통을 받을 수밖에 없었지. 그래도 불안한 생활을 용케도 잘 버텨 내다가 고등학교 국어 교사 자격시험에 합격을 한 거야. 그 자격 증을 가지고 수도권에서 멀리 떨어진 경남 거창에 있는 모 여고의 국어 교사를 했지. 그 덕택에 대중가요의 가사처럼 '서울에서 온 섬마을 총각 선생님' 비슷한 로맨스도 생겼다 고 하대."

김완구의 말을 가로채듯 바로 내가 다시 말을 이었다. 그 만큼 김민호 건에 관해선 누구보다 할 말이 많았다.

"유신체제가 무너지고 민호가 그때 생긴 중동문제연구 소에 연구원으로 취업을 했어. 실력이 있으니까, 당시 정재 일 소장(YS 정부에서 부총리 역임)에게 발탁이 된 거지. 거기에 서 보고서 등 글을 많이 집필한 모양이야. 민호가 필력이 뛰 어나거든. 중동문제연구소가 국책 연구기관인 국제경제연 구원이 되고 정재일 원장이 민호랑 비슷한 커리어가 있는 사람들을 많이 채용했어. 그러고는 미국 유학을 할 수 있게 도와줬지. 그래서 민호가 미국에 유학을 가게 된 거야. 나이 사십이 넘어 미국 예일대학교에서 경제학 박사를 받고, 미 국에서 교수 생활을 했어. 그러다가 지금 있는 성균관대학 교 교수로 오게 되면서 귀국한 거지."

"김민호 교수 인생 역정이 한 편의 드라마네, 드라마야."

문희영이 술잔을 기울이며 추임새를 넣었다.

"민호 입장에서는 십여 년의 한 맺힌 낭인 생활에 대한 응어리가 가슴속에 많이 뭉쳐 있었던 같아. 그 한을 풀고 싶어서인지, 자신의 필력을 발휘하고 싶어서인지는 모르겠지만 성균관대학교로 오기 전에 우리나라 언론계에 자리를 얻을 수 있는지 알아봐 달라고 했어. 문 위원과 의논해서 몇 군데 알아봤지. 그런데 당시에는 전문기자 제도가 각 언론사에 별로 정착이 돼 있지 않았고, 논설위원 같은 자리도 쉽지가 않더라구."

김완구의 말이 끝나기 무섭게 내가 한마디 또 거들었다.

"언론계도 진입장벽이 꽤 높잖아? 새로운 사람이 학위를 가지고 있다고 해서 뚜렷한 실적이 별도로 없으면 자리를 찾기 어렵지. 일단 언론계에 나가는 것은 귀국 후에 커리어를 좀 더 쌓고 나서 알아보기로 했던 거지, 그때."

예일에서 학위를 받고 미국에서 교수 생활을 한 이유로, 결국 김민호는 한국의 대학 쪽에 자리를 알아봤다. 그리고 성균관대학교 교수로 한국 생활을 시작했다.

그때까지 가만히 듣고 있던 이경욱이 얼굴이 어두워지면서 한숨을 쉬었다.

"내 앞날을 보는 것 같구만. 나도 십 년이 걸릴지 어떻게 될지…. 그나마 김민호처럼 늦게나마 자리를 잡으면 좋겠지만… 그렇게 될 수나 있을지… 걱정이네."

"경욱이 자네는 대한은행에서의 커리어가 있는데 무슨 걱정을 해? 이삼 년 유럽 가서 안목을 키우면 세계 금융시장에서 자네 잡으려고 스카우터들 사이에서 그야말로 난리가 날 텐데."

김완구의 말에 내가 한마디 더 덧붙였다.

"우리 친구들은 대한은행과 인연이 없는 거 아닌가? 대한은행 총재감인 두 인재가 억울하게 대한은행을 떠나게 되다니…."

"경욱이는 대한은행 노조와의 갈등으로, 그리고 민호는 정부의 공권력 남용으로 대한은행을 떠나고…. 우리 세대가 우리나라의 역사적인 소용돌이 속에서 본의 아니게 피해를 입고 있는 건지… 아니면 우리가 모나서 그런 건지… 알다가도 모르겠다, 에휴!"

문희영이 답답한 듯 담배를 한 대 피워 물고는 담배 연기를 허공에 길게 뱉었다. 김민호 이야기 때문에 분위기가 많이 가라앉아 있었다.

"이러지 말고 민호 오기 전에 내가 폭탄주 한 잔 말아 돌릴게!"

이경욱의 분위기 바꾸는 소리에 모두가 오늘이 무슨 날

인지 알아챘다는 듯 밝은 표정으로 서로를 바라봤다. 이경욱이 오이 소주 폭탄주를 말아 시원하게 한 바퀴 돌렸다. 맥주와 오이의 향이 어우러져 만들어 내는 상큼한 내음이 답답했던 분위기를 금세 바꿨다.

웬만큼의 시간이 지나 기다리던 김민호가 들이닥쳤다.

"어이, 친구들! 미안해요!"

시간에 쫓겨 교대부터 언덕배기를 뛰어왔다고 숨을 몰아쉬며 너스레를 떨었다.

2차라고 할 주안상이 다시 차려지고, 영국으로 곧 떠나갈 이경욱에 대한 덕담이 본격적으로 오고 갔다. 한창때라 할 수 있는 사십 대 중반 장년들의 고뇌를 서로 마음속으로 읽으며 술잔을 기울였다.

분위기가 무르익자 김민호가 일어나 맑은 음색으로 백설희 선생의 〈봄날은 간다〉를 조용히 불렀다. 노래를 끝낸 김민호는 이경욱을 위하여 한 줄 적어 왔다는 쪽지를 윗주머니에서 꺼냈다.

"시작하기에 늦었다고? 천만에. 늦기는커녕 생각 그 자체로 빠른 거란다. 이제 다시 출발선에 서 있다고 마음먹으면 무엇이든 해낼 수 있더라고. 경욱아! 나 민호를 봐라. 이렇게 건재하잖니?"

저음이지만 낭랑한 김민호의 목소리가 분위기와 잘 어울린다는 생각이 들었다.

이경욱의 장도를 축복하는 친구들의 진정 어린 격려의 소리가 자정으로 향하는 밤에 묻혀 갈 때, 우리 일행은 오늘의 애틋한 모임을 마무리 지었다.

우리에게는 아직도 많은 시간이 남아 있었다. 그리고 우리에겐 무엇보다 반드시 밝아야 할 미래가 있었다.

5

해후

몇 년이 지난 후 의외의 장소에서 이경욱을 다시 만났다.

북창동에서 문희영, 김완구와 함께 이경욱을 만나 대한은행 퇴사 결심을 듣던 술자리가 지난날의 에피소드로 남아, 기억 저편에 희미하게 자리하고 있을 때였다.

그동안 우리는 각자 자기 분야에서 자리를 지키며 잘 지냈다. 하지만 1990년대 후반 들어서 한국 경제는 급변하는 세계정세의 소용돌이에 휘말리게 되었다. 결국 외환 위기, 국가 부도 위기에서 국제통화기금IMF의 관리하에 들어갈 수밖에 없는 현실을 맞게 되었다. 우리도 어느덧 오십 고개를 넘은 초로가 되어 은발을 날리며 시대의 폭풍우 속을 힘들

게 헤쳐 나가고 있었다.

나는 재경부 차관보를 끝으로 30여 년의 관료 생활을 마쳤다. 그리고 직면한 국가적 위기를 극복하는 소임을 맡게 되었다. IMF 관리 체제하에서 대한자산금융공사Corea Asset & Monetary Co., CAMCO 사장에 취임하게 된 것이다.

조선호텔에서 미국을 비롯한 유럽의 투자은행 한국 대표들과 '한국 경제 전망과 외국인 투자 유치'에 관한 간담회가 열렸다. 한미 상공회의소에서 주관하는 행사였다. 외국인 투자 유치가 외환 위기 극복의 관건이므로 내가 주제 발표를 하고, 참석자들과 질의응답하는 형식으로 진행되었다.

서울에 사무소를 두고 있는 회사는 물론 도쿄, 홍콩, 싱가포르에서도 투자자들이 참가했다. 간담회가 끝나고 나는 이경욱과 조우했다. 그 자리에 이경욱도 있었던 것이다. 이경욱은 미국계 투자은행인 A 앤더슨의 한국 대표로 간담회에 참석했다.

이경욱이 몇 년 전 대한은행을 그만두고 자신의 인생 행로를 바꿔 영국으로 떠나고 나서 얼굴은 볼 수 없었지만 간간이 소식은 듣고 있었다. 외국계 투자은행에 스카우트되어 잘 나가고 있다는 이야기도 지인을 통해 알고 있었다. 하지만 한국 대표로까지 올라가 있는 줄은 모르고 있었다.

위낙 뛰어난 실력을 갖춘 이경욱이라 잘하고 있으리라 짐작은 했지만, 세계적인 투자은행의 한국 대표가 될 줄은 몰랐다. 우리 모두의 기대에 부응한 셈이었다. 서로 바쁘게 일하다 보니 자세한 근황을 모른 채 살다가 몇 년 만에 우연한 장소에서 이경욱을 만나니 매우 반가웠다.

이경욱의 얼굴을 보자 예전의 대한은행 노사 갈등이 새삼 떠올랐다. 그리고 내가 현재 직면하고 있는 캠코CAMCO 내 노동조합과의 문제가 현실적으로 다가왔다.

오늘 이경욱을 보기 전에는 노동조합 문제를 일반적으로 생각했다. 다른 금융기관들에서 관행적으로 해오던 대로 캠코도 따라갈 것이라 여겼다. 그 정도로 크게 신경을 쓰지 않았다. 하지만 이경욱의 얼굴을 마주하자 갑자기 지나간 일이 파노라마처럼 떠오르며 본능적으로 나의 현안 문제로 대두되었다.

피상적으로 보던 노동조합 문제를 현재 한국의 경제 위기와 관련해서 다시 심각하게 따져 보기로 했다. 이제는 노동문제가 내 문제가 되어 있다는 것을 깨달았다. 회의가 끝나기도 했고 이경욱이 자기 회사 사무실에서 차나 한잔하자고 해서, 오랜만에 둘이서 오붓하게 자리를 같이했다.

서울 광화문 사거리 부근의 파이낸스 빌딩에 그의 회사

가 있었다. 고급스러운 집기 및 인테리어가 외국계 금융회사 분위기를 진하게 풍겼다. 바쁘게 움직이는 직원들 중에는 외국인도 여러 명 보였다. 이경욱의 성격처럼 사무실 분위기가 깔끔하고 차분하게 정돈된 느낌이었다. 젊었을 때의 패기만만하고 열정적이던 이경욱도 노련한 금융인으로 자리를 잡은 듯했다. 여직원이 갖고 온 향긋한 밀크티를 마시며 담소를 나눴다.

"정 사장, 요즘 고생깨나 하는 것 같던데. 사장 취임 직전에 캠코 노조와 전임 문 사장과의 갈등을 멋있게 해결했다고 금융권에서 정 사장 무용담이 널리 퍼져 있더군. 언론에서도 가십거리로 다루면서도 정 사장 앞으로의 행보에 관심이 많은 것 같고. 기자들이 나한테 자네에 대해서 많이 물어보기도 해."

"내가 대변인을 오래 해서 기자들이 나에게 관심을 많이 가지는 편이지."

"신문보도로 유명해졌잖아? '폭탄주 한 방으로 골치 아픈 노사문제 해결'이라는 가십거리 식으로 쓴 제목을 보고 얼마나 감탄했던지! IMF 위기로 움츠러들어서 조용하기만 한 금융권에 신선한 충격을 줬단 말이야. 하하, 멋있다! 폭탄 한 방이 제대로 터진 거야! 정 사장 이미지와 딱 어울려."

이경욱으로부터 얼마 전 몇몇 일간지에 난 가십 기사를 들으니 쓴웃음이 나왔다. 나는 캠코 사장으로 부임하기 며칠 전 노조 간부들을 만났다. 그들과 오찬을 같이하며 좋은 결과를 만들어 낸 것이 언론에 이상하게 전달이 되었던 것이다. 사연은 이렇다.

캠코 노동조합은 지난해 크리스마스이브부터 사장실을 점거하고 철야 농성을 벌여 오고 있었다. 거의 보름 가까이 되었지만 해결의 실마리가 보이지 않았다. 정부에서 추진하는 구조조정을 철회하라는 요구였다.

취임 전이라 다소 부담은 되었지만 어차피 내가 해결하지 않을 수 없는 일이었다. 그들과 오찬 형식을 빌려 대화를 나눠 보기로 했다. 강남의 격조 있는 일식집에서 자리를 같이했다.

노타이 와이셔츠 차림을 하고 먼저 도착한 나는 뒤늦게 도착한 노조 간부들과 첫인사를 나누며 그들의 행색을 힐끗 보았다. 머리에 '결사 반대'니 '결사 투쟁'이니 하는 구호가 붙은 붉은 머리띠가 없었다. 점퍼 차림에 허술한 일상복 차림이었다. 수염도 깎지 않은 부스스한 얼굴이 농성장에서 바로 온 것을 말해주고 있었다. 일단 안심이 되었다. 신임 사장과의 첫 상견례에 예의를 갖췄다는 생각이 들었다. 그들에 대해 부드러운 마음이 생겼다.

사용자와 노조와의 자리는 소주나 막걸리 등 반주를 곁들이는 것이 일반적인 모습이었다. 하지만 나는 그렇게 하기 싫었다. 아무리 관행적으로 그래 왔을지라도 내가 어떤 자세로 그들을 대하는지 새로운 모습을 보여주고 싶었다. 첫 대면이기도 했다. 그리고 나도 사용자 위치에서 노조를 상대하는 일은 처음이었다. 그들을 존중하고 싶었다. 그들과 진지하고도 허심탄회한 대화를 나누고 싶었다.

노조 입장에서도 노사 자리에 흔히 있는, 뻔하고 뻔한 자리에 불려 갔다 왔다는 생각이 들지 않도록 해주고 싶었다. 각자의 입장과 명분이 있는데 나부터가 정직하고 성실한 자세를 보여야 한다는 각오였다.

수인사 후에 변죽만을 울리는 지루한 논의가 이어지고 시간도 상당히 흘렀다. 매듭을 지어야 할 타이밍이라는 판단이 들었다. 나는 단도직입적으로 말했다.

"나는 캠코의 업무를 아직 잘 알지는 못합니다. 현재 처해 있는 나라의 어려움을 극복하기 위해 회사의 역량을 최대한 끌어올리고, 부족한 부분은 구조 개혁해야 한다는 정부의 지침을 받고 왔어요. 더욱이 지금은 IMF 경제 위기 상황인지라 노조의 도움이 절대적으로 필요합니다. 이러한 위기 돌파를 위한 개혁에 노조의 도움이 없으면 아무것도 이룰 수 없다는 걸 잘 알고 있습니다. 하지만 내가 사장에 취임도 하지 않은 상황에서 노조가 요구하는 주장을 무조건 들어주고 구체적인 약속을 해줄 수는 없는 노릇 아닌가요? 바람이 있다면 현 사장을 모양새 있게 퇴임시켜 드리는 겁니다. 그러고 나서 여러분과 구조조정에 대한 이야기를 풀어 나가고 싶으니 협조해주면 고맙겠어요. 알고 있는지 모르지만, 나는 노조에 대한 이해가 꽤 높은 사람이라고 자부하고 있습니다. 내가 노동부 전신인 노동청의 종손계장이라고 하는 노정계장을 일찍이 역임했던 사람이라는 것을 아시는지 모르겠습니다만…"

나는 넌지시 말끝을 흐리며 노조 간부들을 떠봤다. 순간 조금은 놀란 기색을 하며 노조 위원장이 아는 척을 했다.

"노동청에서 잠깐 계셨던 것은 알고 있었습니다. 진짜로 노정계장을 하셨으면 저희 입장에 대해 누구보다 이해가 깊으실 텐데요."

"그러니까 하는 얘긴데… 일단 농성을 풀고 내가 취임한 이후에 구조조정에 대한 이야기를 논의해보자구!"

어느새 내 말투가 반말투로 바뀌었다. 친숙하게 느껴질 수 있도록 내 딴에는 신경을 쓴 말투였다.

"내가 노정계장일 때 이십 대 후반이었는데 오십 대 초반

의 K 노조 위원장과 담판한 일화가 노동계의 전설로 이어져

오고 있어요. 여러분들은 잘 모를 테고 위원장은 알고 있겠구

만?"

위원장이 내 말에 당황한 모습을 보이지 않으려고 애쓰며

잠시 기억을 되살리는 듯했다.

"예, 저도 선배들한테 들은 기억이 있긴 한데요. 그러면 그

때 그 당찬 노정계장이 사장님이시라구요? 아이구, 몰라뵀습

니다. 이거는 사장님과 저희의 대단한 인연 같은데요. 사장님

이 노동계에 대한 이해가 깊으신 만큼 저희 입장을 충분히 헤

아려 주신 걸로 알아도 되겠죠?"

"그렇기는 하지만, 지금은 아무 약속도 할 수 없어요. 취임

식 끝나자마자 제일 먼저 여러분들을 사장실로 초청할 테니

그때 차 한잔 나누며 이야기를 하자구. 대화를 하다 보면 아무

리 어려운 일이라도 쉽게 풀릴 수 있으니까요. 이제 내 입장은

더 이상 얘기할 게 없으니 잠시 여러분들끼리 의논들 해보고

식사나 합시다. 담배 한 대 하겠소?"

"아니, 괜찮습니다."

나는 잠시 자리를 비켜 줬다. 그들끼리 의논할 기회를 주고

싶었기 때문이다. 잠시 후 우리는 다시 자리에 함께했다.

"이야기가 모아졌나요?"

"…"

노조 간부들끼리 눈짓을 하며 뜸을 들였다. 조금 있다가 위원장이 입을 열었다.

"저희 간부들과 심도 있게 잠시 의논했습니다. 신임 사장님이 노정계장까지 하셔서 저희의 어려운 입장을 충분히 이해하고 계시리라 믿고, 보름 동안 철야 농성해온 투쟁을 일단 멈추겠습니다. 신임 사장님도 저희의 결단에 보답해주시라 기대하겠습니다."

전혀 기대하지 않았던 터라 노조의 태도 변화에 내심 놀랐다. 그와 동시에 '나는 그들에게 자연인으로서 평생 못 잊을 큰 빚을 지게 됐다'는 생각이 들었다. 지금도 돌이켜 보면 마음의 빚이라고 생각한다.

"여러분들 고마워요. 어려운 결단을 내려 줘서. 내 평생 여러분에게 자연인으로서 빚진 것으로 생각할게요."

고맙다는 뜻으로 노조 간부들과 일일이 악수와 포옹을 나눴다. 정말로 고마웠다. 하마터면 취임도 못 하고 사태를 악화시킬 수도 있었다. 또한, 취임 전에 만용을 부린 해프닝으로 끝날 수도 있는 일이었다. 나도 내심 긴장하며 귀추를 기다렸는지 맥이 탁 풀렸다.

에라 기분이다 싶어 맥주와 양주로 이른바 양폭 '폭탄주'를 손수 만들어 노조 간부들과 돌아가며 '러브 샷'을 했다. 그게 그때 내가 그들에게 해줄 수 있는 최대의 성의 표시였다.

안주가 가벼운 일식집이라 술을 세게 마시기엔 마땅치 않았다. 빈속에 폭탄주가 세 순배쯤 돌았을 때 대낮에 다들 취해버렸다. 나도 취기가 돌았고, 아침부터 긴장해 있었던 탓인지 다리가 풀리까지 했다.

술을 깨려고 근처 사우나에 가서 눈을 붙였다. 갑작스럽게 노조가 농성을 풀지 않기로 했다고 통보를 해왔다. 가슴이 철렁 내려앉았다. 조바심하며 해결책을 찾으려 여기저기 뛰어다니는데 누군가가 흔들어 깨웠다. 천만다행으로 꿈이었다.

부랴부랴 사우나에서 나와 부사장에게 전화를 걸었다. 부사장은 떨리는 목소리로 보고했다.

"강성 노조가 참 이해하지 못할 일을 벌였습니다. 노조 간부들이 점심을 먹고 들어오자마자 알아서 농성을 풀고, 청소까지 깨끗이 해놓고 해산하지 않았겠습니까? 정말 다행입니다."

"아, 그래요?"

다시 한번 맥이 풀렸다. 순간 얼마나 마음이 졸였던지…. '꿈이 현실로 이뤄지지 않은 게 이렇게도 기쁜 일인지 몰랐다'는 생각을 생애 처음으로 했는데 문제는 다음부터 생겼다.

그날 일화가 과장되어 나는 '폭탄주 사장'이 되어버렸다. 언론에서 가십으로 이날의 상황을 재미있게 기사로 취급했기 때문이다. 본질이 왜곡된 것이다.

물론 언론의 속성을 알면 이해할 만한 사안이다. '폭탄주로 노사 갈등을 해결한 사장'이라! 기자들 입맛에 이렇게 잘 들어맞는 기삿거리가 또 있을까. 어쨌든 그런 내용의 기사들이 몇 번 실리고 나니, 나중에는 사원들 사이에서도 "신임 사장이 폭탄주로 노사문제를 해결했다"는 소문을 기정사실로 받아들였다. 아쉽게도 나의 노사문제 첫 번째 해결 방식이 대화가 아니라 모두 술의 공덕이 되었다.

이처럼 홍역이라 할 것도 없는 노조와의 신고식을 치렀다. 노조에게는 항상 사장실을 개방했고 노조 사무실에도 가끔 들러 격의 없는 대화도 하곤 했다. 노조에게 내가 요구하는 것은 행동하기 전에 대화를 하자는 것이었다. 나는 이들을 진지하고 정직하게 대했다. 원칙에 어긋나는 요구는 들어줄 수 없다는 점을 확실하게 느끼게 했다. 마치 육사를 갓 나온 소대장처럼 말이다.

노조 간부들과는 전설이 되어버린 이른바 폭탄주도 가끔 마시며 친하게 지내려고 노력했다. 임기 중에 기존의 오백여 명 정규직(호봉직) 이외에는 이천여 명의 직원을 전부 연봉 계약직으로 충원하는 등 사내 노동 개혁을 단행했다.

연봉 계약직 직원들도 사내에 또 하나의 노동조합을 만들었지만 기존의 노동조합과는 조금 달랐다. 단체행동이나 사측과의 대화에서 보다 유연하고 협조적이었다. 더욱이 전원 경력이 있는 인력이라 자신의 업무에 열성적이었다. 한 회사의 조직 내에 두 개의 노동조합도 괜찮았다. 좋은 의미에서 선의의 경쟁도 있었고, 일방적인 막무가내식의 투쟁보다는 사측과 가능한 한 대화를 하려고 하는 분위기도 만들어졌다.

사내의 본부장급 인사는 전원 연봉 계약직으로 발령을 냈다. 연봉 계약직을 수락해야 본부장으로 승진을 시켰다. 내가 사장으로 부임하기 전에 전임 사장이 호봉직으로 뽑아 놓은 신규 직원도 연봉 계약직을 수락하는 조건으로 채용하도록 했다. 일부 신입 사원 합격자가 소송을 내기도 했지만 내 원칙에는 변함이 있을 수 없었다. 원호 대상자 등 법령에 의해서 채용해야 하는 인력 외에는 예외 없이 내가 재임한 3년 동안 호봉직을 단 한 명도 채용하지 않았다.

내 딴에 할 수 있는 한 대대적인 구조조정과 임금 협상도 노동조합과 사전 대화를 통해 무리 없이 추진했다. 3년의 임기 동안 노동조합과는 큰 갈등 없이 무사히 내 임무를 다할 수 있었다.

나는 내가 재직하는 동안 우리나라 공기업 노사 행태의 모델로서 연봉 계약직을 기본으로 하는 노사 구조를 만들어 보려고 했다. 내 의도가 3년이라는 기간 동안 서서히 틀을 잡아가고 있었고 별다른 문제도 없었다. 이러한 노사의 행태가 한국의 모든 공기업에 확산되기를 바랐다. 캠코의 모델이 공공 부문에 전반적으로 확산되면, 그동안 우리나라 경제성장의 걸림돌로 작용했던 노사문제에서 커다란 변화가 생길 것이라는 기대도 했다.

그러나 내가 떠난 후 몇 년이 지나지 않아 후임 경영자들이 연봉 계약직을 전원 호봉직으로 바꿨다. 따라서 호봉직 노동조합과 연봉 계약직 노동조합도 단일 노동조합으로 통합되었다. 국가가 어려운 상황에서 고심해서 만들어 낸 개혁이 물거품이 되어버렸다. 지금도 생각하면 너무나 아쉬운 일이다.

노동조합과의 관계가 항상 좋았던 건 아니다. '노조는 역시 노조'라 할 수밖에 없는 일도 많았다.

재직 기간의 여러 성과를 인정받아 서울에 소재하는 모 사립대학교에서 명예 경영학 박사학위를 받았다. '무능하고 정부의 구조조정에 앞잡이가 되어 노동자를 탄압하는 정다경 사장은 대오 각성 하라!'는 커다란 플래카드가 명예박사학위를 받은 날 사장실 복도에 걸려 있었다. 회사 현관 앞에는 '공정하지 못한 인사를 자행하고, 연봉 계약직과 무지하기 이를 데 없는 차별을 하며 비경쟁적 경영에 혈안이 되어 있는 정다경 사장은 물러갈 각오를 하라!'는 대자보가 붙어 있었다.

공정거래위원회 창립 20주년 기념행사에서 우리나라 경제정책 발전에 기여한 공로를 인정받아 정부로부터 국민훈장 모란장을 받았다. 행사에 참여하고 사무실에 출근했을 때 눈에 가장 잘 띄는 사장실 앞에도 이러한 대자보가 벽에 도배한 듯 붙어 있었다.

나는 노동조합의 이와 같은 행동을 이해했다. 노동조합은 노동조합의 이익만을 추구할 수밖에 없는 것이다. 사측과 꾸준히 대화의 문만 열려 있으면 상관없다고 생각했다.

"우리 회사같이 큰 공공기관이 다른 곳으로 이전하면 이곳에서 우리를 바라보고 장사하는 회사 옆의 먹자골목 식당들은 어떻게 합니까?"

노조 위원장이 이렇게 항의했다. 회사가 더 효율적인 곳으로 이전하는 데 반대하는 것이었다. 하지만 그렇게 반대

하고도 얼마 후 새로 이사 간 빌딩의 가장 좋은 사무실은 노동조합 차지였다. 당시 서울의 최신식 빌딩이랄 수 있는 아셈 타워 빌딩으로 이사한 후 얼마의 시간이 지나 직원들을 대상으로 '새 빌딩으로의 이전 사안에 대한 반응'을 알아봤다.

IMF 위기 와중이어서 캠코 직원들은 늘 야근을 해야 했고, 주말에도 출근해서 일할 때가 많았다. 이렇게 직원들이 집에서 가족과 보낼 시간이 거의 없을 정도로 바쁘게 돌아가는 때였다.

아셈 타워 지하에 코엑스 상가가 들어서는 바람에 서울에서 가장 근사한 쇼핑몰이 만들어졌다. 직원들이 주말에 출근하더라도 가족들을 불러 지하 쇼핑몰을 구경시키고, 근사한 식당에서 점심이나 저녁 식사를 같이 할 수 있었다. 그리고 당시 서울 최고의 빌딩인 아셈 타워를 배경으로 기념사진을 찍으며 즐길 수 있었다. 아셈 타워에 아빠 또는 남편의 직장이 있다는 사실만으로도 가족들이 자랑스러워했다. 여직원들 이야기로는 강남역 교보빌딩 앞에 있던 옛 사무실에서 아셈 타워로 이사하고 나서부터 남자 직원들의 복장이 한결 세련되어졌다고 했다. 촌티가 없어지고 핸섬해졌다며 깔깔대기도 했다.

이처럼 사무실 이전에 대한 직원들 반응은 대체로 긍정적이었다. 나로선 다행이었다. 노조 위원장은 이러한 직원들의 분위기를 파악했는지 사장실로 찾아와 멋쩍은 듯이 웃으며 한마디 했다.

"새 사무실로 이전하는 것을 반대한 것은 우리가 타의 모범이 돼야 할 공기업이니, 여러 가지 여건을 감안해 신중히 결정해야 한다는 충정에서 건의드린 것이었습니다. 잘하셨습니다."

노조 위원장의 말과 표정이 애교스럽게 보였다.

노동조합은 끊임없이 사용자 측에 이의를 제기함으로써 자신들의 존재감을 과시한다. 대화로 문제를 해결하겠다는 자세만 견지한다면 노동조합의 상식 밖의 행태는 웃으며 애교로 봐줄 수 있다고 생각했다. 이것이 젊었을 때의 노정계장 경험과 오랜 관료 생활, 그리고 공기업 CEO로서 얻은 지혜다.

살아오면서 잠시 마주친 것으로 생각했던 일이나 불리하게 작용했던 일이, 세월이 흐르면 어느 때 어느 상황에서는 도움이 될 수도 있다는 사실을 알게 되었다. 젊은 시절의 짧았던 노정계장 경력이 이십여 년 후 내가 공기업 노사문제를 마주했을 때 도움을 준 것이 하나의 예라 하겠다. 상당히 심각해질 수도 있었던 노사문제를 해결하는 단초가 된 것을 보며, 나는 과거의 사소한 인연이 일생을 사는 과정에서 커다란 의미를 갖게 될 수도 있음을 새삼 깨달았다.

대한은행 시절의 이경욱은 너무 젊었고, 삶의 경험이 부족했던 것이 아니었나 싶다. 그렇지만 이경욱의 행동은 본인에게는 커다란 불이익을 줬지만 옳았고, 그의 원리 원칙에 충실한 행태가 쌓여서 정의를 실현하려 노력하는 사회로 발전하는 것이라 믿었다.

이경욱의 걸쭉한 웃음소리와 함께 그가 한 말이 자꾸 내 귓가에 맴돌았다.

"폭탄주 한 방으로 노사문제를 해결하다니!"

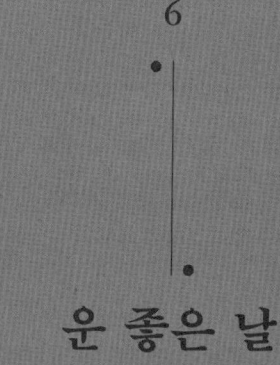

6

운 좋은 날

어느덧 요양병원 앞에 와 있었다.

하얀 요양병원의 건물들이 주변의 울창한 숲과 잘 어울렸다. 고급 실버타운 같은 분위기를 연출하고 있다고 생각하며, 뜬금없었지만 분위기만으로도 왠지 김완구의 건강이 괜찮아질 것 같다는 느낌이 들었다.

상쾌한 강바람이 내 뺨을 가볍게 만지고 지나갔다. 오늘도 좋은 하루가 될 것 같았다. 이경욱도 문병을 온다고 했으니 오랜만에 그를 만나게 될 것이다. 이경욱이 어떻게 달라져 있을지 무척 궁금했다.

김완구가 입원하고 있는 요양병원은 의료시설과 주거시

설이 같이 운영되고 있었다. 밖에서 봤을 때 풍기는 분위기처럼 고급 실버타운 같은 형태였다. 건강을 회복할 수 있는 환자를 대상으로 가족과 함께 지내며 치료를 받을 수 있는 새로운 개념의 시설이었다. 외출도 자유로웠고 병원 같은 분위기도 별로 나지 않았다. 요즈음 실버 세대들의 취향에 맞게 설계된 구조와 운영 방식을 갖추고 있었다. 어린이 놀이터 등도 잘 되어 있어서 젊은 부부와 어린이들이 어우러져 노는 모습도 여기저기 보였다. 남한강을 끼고 있어서 주변 풍광도 좋아 가족 나들이가 가능한 곳이었고, 야외의 널찍한 뜰에는 바비큐 시설이 되어 있어 미국이나 유럽의 공원 같은 분위기를 연출했다. 환자복을 입은 사람들이 가끔 눈에 띄지 않으면 여기를 요양병원이라고 생각할 사람은 아무도 없을 것 같았다. 그만큼 모든 게 쾌적한 환경이었다.

주변의 분위기 때문인지 문병을 왔다기보다는 전원생활을 즐기는 친구한테 놀러 온 기분이었다. 김완구의 얼굴을 보기 전인데도 그가 환자라는 생각이 들지 않았다. 그저 오랜만에 친구들과 이야기꽃을 피울 수 있어서 좋겠다는 생각뿐이었다. 특히 이경욱과 만난다는 생각에 다소 들뜨기도 했다. 상큼한 강가의 공기를 들이마시며 오늘은 친구들과 잘하면 막걸리로 기분을 낼 수도 있겠다 싶었다. 그리고 이것이 나만의 망상이 아니길 바랐다.

　이경욱이 먼저 와서 김완구 부인을 포함해 셋이서 즐겁게 담소하고 있었다. 김완구의 안색이 약간 헬쑥하기는 했지만 병자 같아 보이지 않아서 좋았다. 적이 안심이 된 나는 일부러 큰 소리로 인사했다.

　"이 친구들아, 여기 다경이가 왔다!"

　조금은 과장스러운 제스처를 취하며 김완구와 이경욱을 번갈아 감싸 안았다. 김완구 부인에게도 반색하며 인사했다.

　십여 년 만에 만나는 친구들이었다. 머리만 은발이 많아졌을 뿐 그렇게 늙어 보이지 않았다. 친구들의 모습은 길다면 길다고 할 수 있는 십여 년의 세월을 잊어버리게 했다. 병문안 인사는 대충 건성으로 하고, 우리 넷은 뭐가 그리 좋은지 시시덕거리며 웃기 바빴다. 어느덧 점심때가 되었다.

　이경욱이 손목시계를 얼핏 보며 물었다.

　"완구, 자네 외출할 수 있나?"

　김완구의 부인이 대답했다.

　"외출할 수는 있어요. 이 동네에 맛집이 별로 없고 해서 점심을 준비하기는 했는데… 반찬이 별거 없어서…. 그래도 가볍게 여기서 식사하시면 어때요?"

김완구 부인이 민망하다는 듯 멋쩍게 웃었다. 그러자 주도면밀한 이경욱이 제의했다.

"외출할 수 있다니, 여기서 차로 조금 나가면 다산 생가가 그리 멀지 않으니 거기로 가십시다. '밤나무 집'이라고 괜찮은 식당이 있답니다. 다경이 자네 생각은 어때?"

"나야 불감청이언정 고소원이지. 모처럼 친구의 고액 연봉을 축내 볼까나?"

김완구가 난처한 표정으로 말했다.

"우리가 대접해야 하는데 손님인 경욱이가…."

나는 이경욱의 어깨를 가볍게 치며 말했다.

"자네 차 가지고 왔겠지? 자네가 알고 있다는 그 식당으로 가서 막걸리라도 한잔하지."

나는 김완구 부인에게 말했다.

"계수씨! 외출해서 바람도 좀 쐬고 그럽시다. 오랜만에 이경욱 회장님에게 바가지 좀 씌워 보자구요. 하하하!"

내가 너스레를 떨고 있을 때 이경욱이 기사에게 전화하러 잠깐 자리를 떴다. 나는 김완구의 손을 감싸 쥐며 물었다.

"완구야, 괜찮지?"

"많이 좋아졌어. 자네들 못 보고 저세상 가면 어쩌나 싶었네. 얼마간 마음고생은 좀 했지만 오늘 자네들 보니 살 것 같네. 이제 거의 회복됐다고 의사도 말하고 있어. 여기 떠날 때가 돼 가니 시원섭섭하기도 해.”

김완구의 목소리에 힘이 있었다. 안심이 되었다.

“오늘 우리가 자네 건강 회복한 것 축하하러 온 거잖아. 식당에 가서 대포 한잔하자.”

“좋지. 좋구 말구!”

김완구 부인이 눈을 곱게 흘겼다.

“그렇게 혼나고도 술타령 소리만 나면 좋아한다니까. 못 말려, 진짜.”

이경욱의 승용차는 고급 신형 벤츠였다. 우리 넷을 실은 차는 강변을 따라 조금 가다가 다산 생가가 있는 능내역 앞 수변 공원 근처의 ‘밤나무 집’에 도착했다. 경관이 빼어나 저 멀리 퇴촌의 산자락까지 드넓게 펼쳐진 호수가 보였다.

우리는 창가 테이블에 자리를 잡고 음식을 시켰다. 장어 구이와 참게 매운탕, 그리고 막걸리도 빼놓지 않았다. 음식이 나오자 이경욱이 자리에서 일어나 ‘건배사’를 했다.

“김완구 박사의 건강 회복을 축하합시다. 우리 모두의 건강을 위하여 건배!”

김완구가 떨리는 목소리로 대답했다.

"고마워. 이런 날이 오리라고는⋯."

김완구 부인이 활짝 웃으며 남편의 말끝을 이었다.

"바쁘실 텐데 여기까지 멀리 와 주시고 정말 고맙습니다."

나도 화답했다.

"우리가 이렇게 한 자리서 만난 게 몇 년 만이냐? 오늘 날씨도 좋고 남한강 풍취에 흠뻑 젖어 보자꾸나. 자, 한 잔 더!"

나는 막걸리를 기분 좋게 들이켜고는 이경욱에게 물었다.

"이경욱 회장님, 지금 있는 회사의 평가가 금융시장에서 좋던데? 자네가 가서 많은 경영 혁신을 했다고 평판이 자자해."

"그건 정 사장 과찬인 것 같고. 어쨌든 내 나름대로는 대한은행과 유럽의 국제 금융시장을 거치며 보는 안목이 좀 생기긴 했어. 그리 큰 회사는 아니지만, 외국계 투자회사라는 특수성을 감안해서 국내 회사와는 차별이 되는 구조조정을 좀 했어. 그리고 운이 좋게 실적이 많이 개선됐고. 그래서 괜한 소문이 난 거야."

이경욱은 활달하지만 겸손하게 내 말을 받았다. 그러고는 그동안 새로운 회사에 가서 한 일을 간략하게 설명했다.

"내게는 대한은행에 있을 때 노조와의 갈등 관계에서 생긴 쓰디쓴 트라우마가 있잖아. 그게 내 머릿속을 떠난 적이 없었어. 노사 관계에서 불필요한 갈등이나 오해의 소재를 근원적으로 없애긴 현실적으로 어렵지. 그걸 알면서도…, 그래도 차선책은 있지 않을까 싶어 연구를 해봤어."

"그래서 해답을 찾았어?"

내가 이경욱의 말에 관심을 보이며 추임새를 넣었다. 계속 이야기하도록 부추기기 위해서였다.

"와! 재미있겠다. 천하의 수재가 어떤 발명품을 찾아냈는지 매우 궁금하네."

김완구도 이경욱이 계속 말을 이어 가도록 분위기를 띄웠다. 자신의 전공 분야라 관심이 더 가는 모양이었다.

"내가 정한 원칙이랄까, 뭐랄까 하는 것은 특별한 아이디어는 아니야. 자, 들어 봐. 간단해. '동종 업계에서 최고 대우를 해주고 세게 일하도록 하자!' 어디서 들어 본 말이지? 그래, 맞아! 삼성그룹 창업자 이병철 회장의 경영 방침이야. 내가 CEO가 된 새 회사에서 이 원칙을 적용해서 구조 개선을 좀 했지."

"어떻게요?"

김완구 부인도 덩달아 호기심을 보였다.

"간단하게 세 가진데. 첫째, 나를 포함한 구성원 전원은 연봉 계약제일 것. 둘째, 조직 내의 결재 라인을 한두 단계로 단순화할 것. 셋째, 일상적으로 루틴한 업무는 아웃소싱으로 할 것. 그리고 이 세 가지 원칙을 지원하기 위해 다음과 같은 일을 진행했지. 모든 업무와 관련한 의사소통과 의사결정의 원활화를 위해 전산화를 꾀했어. 완벽에 가깝게 말이야. 장소와 시간 구애 없이 자기가 있는 곳이 곧 사무실이라고 생각하도록 한 거지."

들고 나서 나는 다소 시큰둥하게 말했다.

"별로 특별한 거는 아니네."

"글쎄다 하겠지만, 내 입장에선 자랑할 만해. 내가 취임할 당시엔 백여 명 정도 되는 조직이었어. 외국계 투자회사로는 규모가 큰 수준이었지. 아마 매출액 기준으로 해서 비슷한 국내 기업은 이백여 명쯤 될 거야. 어쨌든 내가 2년 사이에 백여 명의 규모를 이삼십 명 수준으로 바꿔 놨어. 매출액은 오히려 늘고, 같이 일하던 직원도 일자리를 잃지 않았지. 연봉은 동종 업계 최고 수준을 유지했고."

우리가 관심 있게 듣는 것을 보고 이경욱은 잠시 뜸을 들였다. 그러고는 잠시 후 우리를 쳐다보며 말을 이었다.

"예컨대 회사에서 가장 중요한 경리부의 경우, 이십여 명

인원을 회계사와 세무사를 채용해 서너 명으로 줄였지. 주요 계약과 M&A를 담당하던 기조실도 변호사를 채용해 두세 명으로 줄였고. 총무부와 업무부는 아웃소싱으로 자회사를 만들어 인사와 구매 관리, 영업 업무까지 하도록 하면서 여기도 두세 명으로 운영했지."

이경욱은 자신의 신념이라는 듯 목소리를 조금 높였다.

"거의 모든 구성원이 일차적으로 전결권을 갖도록 했어. 중첩되는 업무만 담당 상위자나 차상위자가 전결권을 갖도록 한 거지. 그러니 업무 처리 속도가 엄청 빠를 수밖에. 그리고 전산화가 돼 있겠다, 자기 자신이 전결권도 갖고 있겠다, 이러니 사무실이라는 공간 제약이 없게 된 거지. 재택근무가 얼마든지 가능하게 됐다는 얘기야."

우리는 이경욱의 발언을 듣자마자 거의 동시에 감탄사를 질렀다.

"세상에! 역시 우리의 수재 이경욱 회장님답네!"

이경욱은 멋쩍게 웃으며 말했다.

"오늘 나의 트라우마 탈출기는 여기까지로 하고!"

이경욱은 막걸리 한 사발을 들이켜고는 씨익 웃었다. 나는 그 순간 이경욱의 표정에서 분명히 읽었다. 그가 대한은행 노조와의 갈등으로 마음속 깊은 곳에 여태껏 자리 잡고 있던 악몽에서 이제 벗어났음을. 오래전 법원으로부터 받은 승소 판결은 엄밀히 따지면 그의 승리가 아니었다. 지금의 이경욱에게서 느껴지는 승리야말로 이경욱 자신이 스스로 쟁취한 진정한 승리였다. 이경욱은 자존심을 지켜 냈다는 기쁨을 친구들에게 보여주고 싶었던 모양이다. 그는 정말로 좋아 보였다.

나는 친구들로부터 인정받았다는 자부심에 찬 이경욱의 눈빛에서 오래전 조순영 총재의 평가를 떠올렸다. 이경욱을 '진정한 현대 시민사회 기본권 수호의 영웅'이라고 높이 평가하던 그 말을. 나는 너무도 기뻤다. 김완구의 표정도 이보다 더 좋을 수 없다는 듯 환했다. 우리는 서로 진심 어린 축복을 보냈다. 이경욱이 오늘 이 모임을 왜 주선했는지 그 이유를 김완구와 나는 이심전심으로 알게 되었다.

뭔가 생각났다는 듯 갑자기 김완구 부인이 화제를 바꿨다.

"얼마 전 언니네 집에 놀러 갔는데요. 언니가 책자 한 권을 주며 '이 책에 김 서방 친구 이야기가 있어. 캠코 정 모 사장이 김 서방 친구라고 그전에 너한테 들은 기억이 있어서 읽어 봤어. 글을 쓴 친구가 장정희라고 내 영문과 동기이기도 하고. 재미있게 썼더라' 그러더라고요. 언니는 '장정희가 정 사장 자랑을 얼마나 하던지. 자기의 영원한 보스라고…. 정 사장 부인이 이 글을 읽으면 질투할 것 같다고 글을 읽은 친구들이 말할 정도야'라고 말했답니다. 그래서 저도 그 책을 읽어 봤는데 공감이 되더라고요."

느닷없이 김완구 부인한테서 장정희 부장 이야기를 들으니 내심 당황스러웠다. 책자 어쩌고 하는 이야기는 또 무엇인지 의아하기도 했다. 알고 보니 이화여대 영문과 졸업 기념 회고 문집(《한국 현대사의 어떤 증언들》, 영학회 67년 동문회)에 장정희 부장이 'IMF 때를 회고하며'라는 글을 써서 올린 것이었다.

나에 관한 이야기를 갑자기 도마 위에 올린 김완구 부인이 가방에서 책자 한 권을 꺼내 테이블 위에 놓았다. 김완구가 책을 들춰 보며 말문을 열었다.

"아! 처형이 얘기하던 그 책이 이 책이야? 엊그제 집에서 책을 한 보따리 갖고 올 때 오늘 정 사장 오면 주려고 그 책도 챙겨 왔구만. 어디 나도 한번 봅시다."

이경욱도 관심을 가지고 글 제목부터 훑어봤다. 그러더니 고개를 갸우뚱하며 독백했다.

"장정희? 나도 들은 기억이 있는 이름인데… 내가 알고 있는 줄리아인가?"

이경욱은 글을 휘리릭 읽더니 갑자기 기억이 난 모양으로 탄성을 질렀다.

"아이구! 내 정신 좀 봐. 작년 말에 회사 일로 워싱턴에 출장 갔을 때 어떤 모임에서 우연히 줄리아를 만났어. 그녀의 남편과도 같이 식사했고. 그때 줄리아가 정 사장하고 캠코에서 같이 일했다고 말하며, 정 사장 안부를 물은 일이 있었거든. 그만 내가 깜빡하고 자네에게 아직 말을 못 했네. 오늘 여기서 줄리아의 각별한 안부를 자네에게 전해야겠네. 늦게 안부 전하는 걸 사과하네. 정 사장, 미안하게 됐네. 줄리아, 아니 장정희 씨가 정 사장을 진심으로 존경하고 있더군. 내가 질투가 날 정도였어. 하하하!"

이제는 내가 의아했다. 이경욱과 장정희가 대체 무슨 인연이 있는지.

"장정희 부장을 자네가 어떻게 알아? 세상 참 좁구만!"

"진짜로 이런 인연도 드물 거야. 장정희, 아니 줄리아가 나와 같이 대한은행에서 근무했거든. 나야 그녀에게 미안한 일뿐이지만. 그녀의 풀네임이 줄리아 장인데 우리가 애칭으로 줄리아로 불러. 그러다 보니 장정희라는 본명을 깜빡 잊을 때가 많지."

이경욱은 눈을 감고 과거를 회상하는 듯했다.

"내가 대한은행 노조와 싸우는 단초가 줄리아 때문이기도 했어. 그때 줄리아는 노조 사건에 휘말리는 바람에 본의 아니게 대한은행을 그만뒀거든. 서로 생각하기 싫은 일을 겪은 터라 오랫동안 연락 두절 상태였는데, 십여 년 만에 워싱턴에서 해후한 거야. 그때 정 사장 얘기도 듣게 된 거고."

어렴풋이 그 이름이 기억 저편에서 돌아왔다. 나도 줄리아와의 관계를 털어놨다.

"줄리아? 언젠가 들어 본 이름 같은데…. 아! 맞다. 대한은행 출입 기자들로부터 자네와 관련해서 계약직 직원 이야기를 들었던 것 같네. 이제 기억이 좀 나는구만. 그 줄리아가 나와 캠코에서 같이 근무했던 장정희 부장이란 말이야? 참으로 희한한 인연이네!"

내가 오래된 기억을 되살리자, 이경욱은 줄리아의 사연을 더 말했다.

"줄리아는 대한은행을 그만두고 한국에 정나미가 떨어졌다며 미국으로 돌아갔지. 그리고 바로 세계은행에 들어갔어. 그런데 몇 년이 지난 후 서울에 계시는 어머니를 모시려고 한국에 다시 돌아온 거야. 한국에 와서는 캠코에서 일했는데, 거기서 정 사장 자네를 만난 거고."

나도 줄리아에 대한 기억을 말했다.

"장 부장이 나와 같이 일을 했지. 그런데 대한은행에서 근무했다는 경력이 이력서에도 없었고, 본인도 그에 관해서 일체 말을 안 했으니 내가 알 턱이 있었겠나."

"지난해 워싱턴 모임에서 우연히 줄리아를 만나고, 며칠 후 내가 그녀 부부를 저녁 식사에 초대했어. 워싱턴 '우래옥'에서 만나 소주 한잔하며 식사했지. 그때 그녀의 남편이 자네를 서울에서 만나 식사한 적이 있다고 하면서 자네 안부를 묻더라고."

내가 캠코에서 사장으로 근무하며 장정희 부장과 일할 때 그녀의 남편 존슨 씨가 서울에 출장차 왔었다. 그때 서울에 있는 일식집 '미네스시'에서 식사를 같이한 일이 있었다. 그녀의 남편은 영국인으로 국제기구에 오래 근무해서 그런지 매우 세련된 사람이었다. 그야말로 영국 신사의 전형이라는 인상을 받았다. 더구나 캠코 일을 자기 부인에 대한 외조라 생각해서 그랬는지는 몰라도 참 많이 도와줬다.

"그랬구나! 그 영국 신사, 정말 멋있는 사람이었는데…. 잘 있겠지?"

"줄리아가 캠코에서 근무할 때가 내가 서울의 외국 투자회사에서 일하고 있을 때였어. 그래서 왜 연락 한번 안 했냐고 섭섭하다고 말했더니, 대한은행에서의 일 때문에 그랬다고 하더라구. 정신적인 상처가 너무 깊어서 아예 의식적으로 잊어버리려고 아무한테도 연락을 안 했던 거지. 얼마나 미안한지 더 이상 말을 못 꺼내겠더군."

이경욱은 막걸리로 입술을 축인 후 말을 이었다.

"대한은행 내에서 노조와 그 주변의 직원들이 줄리아와 내 관계를 왜곡해서 이상한 소문을 만들어 냈어. 노조에서도 아무 힘 없는 임시직(계약직에 대한 그 당시의 일반적인 호칭)이니까 노골적으로 줄리아를 괴롭혔지. 그들로부터 직장 내 전형적인 왕따를 당했던 거야. 그 일 때문에 줄리아는 많은 상처를 받았고, 정신과 치료까지 받았다고 하더라구. 악몽 같은 대한은행 근무 시절을 자신의 삶에서 지워버리고 싶었겠지."

"아! 그랬었구나."

그 사건으로 피해를 당한 사람이 이경욱 말고도 더 있다는 건 알고 있었다. 이경욱이 그랬듯이 줄리아도 심각한 트라우마가 되었으리라. 확실한 건 이경욱이 외국계 회사의 대표가 되자 대대적인 경영 혁신과 개혁을 시행해 거의 새로운 회사라 할 만큼 혁신적인 회사로 탈바꿈시키는 데 성공했다는 것이다. 그리고 그 트라우마가 성공의 동기가 되었다는 것이다.

"악연이었던 사건이 돌고 돌아 좋은 인연을 만들어 냈다고 생각하네. 자네가 추진해서 성공한 개혁 방식은 외국 투자기관에서도 쉽게 실행하기 어려운 작업이야. 한국 기업에는 롤 모델이 돼야 할 최첨단 경영 개혁 방안이고."

우리 모두 존경 어린 눈으로 이경욱의 얼굴을 쳐다봤다. 그러나 우리 모두의 표정엔 어쩔 수 없는 씁쓸함이 배어 있었다.

김완구 부인이 이상하게 가라앉은 분위기를 바꾸려는 듯 그 책, 이화여대 영문과 회고 문집을 펼쳐 몇 구절을 읽었다.

(중략)

볼리비아의 수도 라파스La Paz에서 영국계 투자회사 고문으로 일하고 있던 남편과 휴가를 보내고 한국으로 돌아가는 비행기에서였다. 로스앤젤레스에서 대한항공으로 갈아탄 후 우연히 집어 든 국내 신문은 1997년 11월 IMF와 한국 정부가 체결한 구제금융 협약 뒤의 사항을 전하고 있었다. 주로 금융 위기로 말미암은 우리나라 금융기관들과 기업들의 도산에 관한 것들이 대부분이었다.

그런데 그 한편에 실린 정부 인사 이동란에 당시 재경부 차관보인 정다경 씨가 캠코 사장으로 취임한다는 짤막한 기사가 있었다. 거기서 DK의 이름을 처음 알게 되었다.

휴가를 마치고 서울로 돌아온 며칠 뒤 캠코 사장실에서 정다경 사장을 처음 만났다. 아마도 오랫동안 휴가를 다녀온 여직원이 불쑥 사장과의 면담을 요청하자, '뭐 이런 게 다 있어' 하는 호기심에서 흔쾌히 면담에 응해준 것 같다고 생각했다.

그 첫 만남 뒤 DK가 내게 보여준 흔들림 없는 카리스마, 예리한 통찰력, 혁신적인 아이디어, 탁월한 리더십, 불도저 같은 추진력은 놀라움 그 자체였다.

금융 위기가 절정에 달했던 그 당시 정부로부터 위기 극복의 임무를 부여받은 캠코는 태산같이 쌓인 여러 문제에 직면해 있었다. 외환 위기로 발생한 막대한 양의 부실 채권을 신속히 정리해야 하는 시급한 상황이었다.

(중략)

개인적인 이야기지만, DK는 캠코의 내부적인 반대 의견에도 불구하고 회사 내외에서 비난받을 수 있는 모든 부담을 감수하며 국제업무부장으로 나를 발탁했다. 뒤에 안 이야기지만, 당시 보수적인 정부의 공기업에서 정부

수립 후 최초의 여성부장이 탄생한 케이스였다.

(중략)

DK는 세계에서 처음으로 국제 부실채권 대회를 서울에서 주최해야겠다는 구상을 이야기하며 그 책임을 내게 맡겼다. 이 구상에 대해 캠코 내부는 물론 세계은행도 캠코가 이런 국제회의를 주최할 능력이 있는지 의구심을 가지고 소극적으로 대했다.

나는 DK의 지시에 따라 런던에서 열린 '유러머니Euro Money' 주최 국제 금융 세미나에 참석해, 국제회의를 성공적으로 개최하기 위해서는 무엇이 필요한지 그 노하우를 배울 수 있었다. 본격적인 포럼 준비를 위한 태스크포스 팀이 캠코에 구성되었고 나는 팀의 책임자가 되었다. DK는 적극적인 지원을 아끼지 않았다.

2000년 11월 9일부터 2박 3일 동안 세계 최초의 부실채권 대회가 서울 인터컨티넨탈호텔에서 열렸다. 그리고 주최자인 캠코 사장 DK의 개회사로 시작된 포럼은 성공리에 막을 내렸다.

캠코는 국제 부실채권 대회를 성공적으로 개최함으로써 국제 금융시장에서 그 지위를 공고히 할 수 있었고, 국가 신인도를 높일 수 있는 계기를 만들었다. 이 부실채권 대회가 성공리에 마무리된 직후에 DK는 캠코 내부의 우려에도 불구하고 나를 캠코의 국제업무부장으로 발탁했다. 그야말로 파격 인사였다. 나의 노고에 대한 보답이라는 그의 말이 나를 감동시켰다.

(중략)

DK는 나에게 캠코에서 일할 수 있도록 기회를 줬다. 그리고 세계은행에서 일하며 쌓은 나의 역량을 믿고 능력을 최대한 발휘할 수 있도록 적극적으로 밀어줬다. 이십여 년이 넘는 해외 생활로 한국의 조직 문화에 익숙지 않아 고심이 컸던 내게 항상 용기를 북돋아 줬고, 내가 가진 얼마 되지 않는 역량을 맘껏 펼칠 수 있도록 지원해줬다.

외환 위기로 난관에 봉착한 나의 조국을 위해서, 그리고 캠코를 위해서 일할 수 있는 기회를 준 DK에게 다시 한번 감사드린다.

작은 체구지만 누구보다 포용력이 컸던 DK를 열심히 따르던 나는 그의 심복이라고 자부한다. 그의 뛰어난 보스로서의 리더십을 존경하며, 직원들과 함께 어울리는 것을 즐기던 호탕한 웃음소리는 영원히 내 기억에서 사라지지 않을 것이다.

김완구 부인은 시를 낭송하듯 낮은 목소리로 글을 읽었다. 자기 부인이 다 읽은 것을 알아차린 김완구가 크게 웃으며 말했다.

"와! 어느 여인으로부터 '그의 심복'이라는 표현을 듣다니, 평생의 연인한테서도 들을 수 없는 '시어詩語'를 줄리아가 썼네. 경욱이가 질투할 만하구만. 경욱이도 줄리아를 발탁하긴 했지만, 비운으로 끝났잖아!"

이경욱이 쓴 웃음을 지으며 대꾸했다.

"김 박사 이야기를 듣고 보니 열불이 나네. 어떤 사람은 여인으로부터 최상의 찬사를 듣고, 누구는 기피 대상이 돼 버리고⋯. 나같이 불운한 사람이 어디 또 있겠나? 나도 그녀의 능력을 알아보고 발탁했는데, 그게 죄가 돼 그녀에게 깊은 상처만 주고 떠나보냈으니⋯. 짝사랑하다가 버림받고, 친구한테 그 여인을 빼앗긴 기분이 이런 건가⋯. 에라이, 불쌍한 경욱아! 술이나 받아!"

이경욱은 신파조로 신세 한탄을 하더니 막걸리를 자작했다. 노래를 잘 부르는 김완구가 노래 가사에 비유한 코멘트를 했다.

"요즘 한창 유행하고 있는 트로트에 나오는 가사 있잖아. '조약돌은 왜 던져'라고⋯. 막말로 얘기하면, 대한은행 노조와 일부 조합원들이 심심풀이로 던진 작은 돌멩이에 잘못 맞아 경욱이와 줄리아의 인생에 멍이 들었지."

우리는 그 말에 다 같이 폭소를 터트렸다.

내가 캠코 사장으로 부임하고 나서 부실채권 업무가 폭증하는 바람에 많은 신입 직원을 뽑아야 했다. 캠코의 구조조정 차원에서 새로 채용하는 직원을 전부 경력이 있는 연봉 계약직으로 뽑았다. 당연히 이른바 정규직이라고 하는 호봉직과 갈등이 생길 수밖에 없는 구조가 되었다. 노조를 비롯한 기존 직원들은 내가 계약직을 편향적으로 대할 것이라는 의구심을 가졌다. 그래서 지금 돌이켜 보면, 장정희의 재계약 문제는 호봉직이었던 인사팀에서 내 의중을 떠볼 수 있는 사안이었지 않나 싶다.

캠코 사장으로 취임하고 얼마 지나지 않아 어느 계약직 여직원이 면담 요청을 해왔다. 캠코에서 1년 전에 이백여 명의 경력직 직원을 채용했는데 그때 뽑은 계약직 직원 중 한 사람이었다. '장정희'라는 직원으로, 세계은행에서 이십여 년간 근무한 경력이 엘리트 직원임을 상징했다. 그녀가 캠코에 입사하고 1년이 다 되어 재계약 이야기가 오고 가는 시점이었다. 인사팀은 지난 1년간 별다른 실적이 없으니 연봉을 절반으로 삭감해야 한다는 입장이었고, 그녀는 자존심상 받아들이기 어려우니 재고해 달라는 것이었다.

장정희의 주장은 신임 사장이 자신에게 일을 시켜보고 1년 후에 제대로 평가해 달라는 취지였다. 지난 1년간 캠코의 사업 추진 현황을 알아보니 국제적인 업무가 거의 없었다. 그녀에게 할 일이 별로 없었던 것이다. 따라서 능력의 있고 없고를 떠나 실적이 부진할 수밖에 없었다. 여러 정황상 그녀에게 책임을 묻기에는 무리가 있다는 결론을 내렸다.

고심 끝에 나는 장정희에게 이렇게 말했다.

"연봉 삭감 없이 재계약을 하도록 하겠습니다. 앞으로 실력을 발휘해 실적을 내세요."

막상 장정희와 일을 해보니 그녀의 능력에 놀랄 수밖에 없었다. 한마디로 보배 중의 보배였다. 하마터면 이런 인재를 대한민국이 잃어버릴 뻔했다는 생각에 아찔할 정도였다. 이십여 년 동안 세계은행과 국제기구에서 쌓은 경험이나 인맥이 실로 대단했다.

우리나라에 닥친 외환 위기를 극복하려면 국가 신인도를 높이는 게 무엇보다 중요했다. 그리고 캠코가 최일선에서 이 일을 해야 했다. 내가 캠코에 부임해서 제일 역점을 둔 것이 국제 금융업무가 될 수밖에 없었다.

미국, 유럽, 일본, 싱가포르 등에서 투자 설명회를 이십여
회 열었고, 세계 최초로 제1회 세계 부실채권 대회를 서울에
서 개최해 상당한 성과를 거뒀다. 이어서 제2회 대회가 북경
에서, 제3회 대회가 모스크바에서 개최되었다. 서울 대회가
시작이었다.

이러한 업무는 뉴욕 월가를 비롯한 국제 금융시장에 정통
해야 하고, 국제 경제기구와의 협조가 없으면 거의 불가능하
다. 고난도의 이런 일을 내가 구상한 대로 기획부터 집행까지
장정희 부장, 그러니까 줄리아가 완벽하게 다 이뤄 냈다.

나로서는, 아니 캠코로서는 '잔 다르크'를 만난 셈이었다.
그 정도로 대단한 역할을 했다. 그래서 그녀에게 크게 보상을
해주고 싶은데 공기업에서는 해줄 게 별로 없었다. 그래서 캠
코가 세계적인 금융 기구로 발전하는 데 더욱 기여할 수 있도
록 공공 부문에서는 최초로 여성 부장으로 발탁한 것이다.

그 후 내가 3년 임기를 채우고 캠코를 떠나면서 장정희 부
장과의 인연은 다 하게 되었다. 내가 캠코를 떠나고 얼마 안
있어 그녀도 캠코를 떠나 워싱턴으로 돌아갔다. 내 재임 기간
에 내가 전면적으로 캠코에서 시행했던 연봉 계약제를 보완
해 테뉴어 제도를 도입했어야 했다. 연봉 계약제를 효율적으
로 작동시키려면 미국의 대학에서 일반적으로 시행하는 정년

보장 제도를 도입해서 보완해야 했다. 우리나라에서도 대학의 전임교수에게 시행하고 있는 제도다.

실적이 좋은 연봉 계약자에게 정년을 보장해주는 테뉴어 제도를 도입하려 했던 이유는 간단했다. 우수한 인재가 아무 부담 없이 지속적으로 근무할 수 있는 환경을 만들고 싶었기 때문이다. 임기가 얼마 남지 않은 상황이어서 머릿속에서만 본격적인 시행 시기를 구상하고 있던 테뉴어 제도를 캠코에 도입하지 못했다. 이에 따라 장정희 같은 인재가 한국 경제에 크게 기여할 수 있는 발판 또한 마련되지 못했다.

나의 퇴임 후 장정희 부장도 호봉직이 주류인 통합 노조와의 갈등으로 캠코를 떠났다. 자신의 보호막이 없어지고 대한은행에서 겪었던 사건과 같은 트라우마가 또 생길까 두려워 주저 없이 캠코를 떠나 미국으로 돌아갔다는 말도 들렸다. 지금도 아쉽게 생각하고 있다.

오늘 이경욱의 이야기를 듣고, 캠코에 와서 개인적으로 따라다니던 트라우마를 장정희 부장 스스로 극복한 것을 알았다. 이경욱과 마찬가지로 나도 기뻤다.

김완구가 오랫동안 고생하던 지병에서 완치 통보를 받은 오늘은 세 명의 환자(김완구, 이경욱, 줄리아)가 고질을 이겨 낸

날이라는 생각이 들었다. 희소식이 한꺼번에 쏟아진 참 운좋은 날이었다. 친구들 각자가 간직한 고뇌가 언제나 마음 속 한구석에 께름칙하게 남아 나를 우울하게 하곤 했다. 그러나 구름이 걷히고 청명한 하늘이 드러나듯, 이제는 우리 모두에게 고난을 밀어낸 기쁨이 다가오는 것 같았다.

김완구는 많은 상념이 떠오르는지 나와 이경욱의 이야기를 조용히 듣기만 했다. 우리 이야기가 얼추 끝나가는 기미를 보이자 나지막한 목소리로 말했다.

"우리나라는 급속하게 압축 성장을 하는 과정에서 그 부작용이 참 많았어. 특히 노동문제가 심각하게 경제 발전에 발목을 잡을 수도 있었지. 정부와 노사가 지혜롭게 잘 풀어 나왔지만 말이야. 단지 노동시장이 구미의 선진국처럼 유연성이 없고 너무 경직돼 있는 것이 큰 문제야. 경욱이나 줄리아 문제도 노동시장의 입출입이 경직돼 생긴 부작용이라고 볼 수 있어. 노조의 입김이 세지면 고용시장이 탄력을 잃어버릴 수밖에 없어. 이렇게 노동시장이 경화돼 있으면 이른바 '텃세'라는 묘한 심리 때문에 기득권을 가지고 있는 그룹(이른바 정규직)이 노조에 동조하게 되거든. 이것은 곧 회사의 구성원에게 피해를 주는 현상으로 나타나게 마련이고. 이런 경우에 법적으로 구제할 수 있는 방법이 별 효과를 못 봐. 그래서 경욱이나 줄리아 같은 피해자가 생긴 거 아니 겠어."

전문가답게 복잡하게 생각할 수도 있는 두 사람의 문제의 본질을 간명하게 정리했다. 음식이 맛깔스러워 이야기 중에도 접시를 다 비웠고 시간도 꽤 흘러 있었다. 자리를 옮겨야 할 때였다. 오늘같이 좋은 날, 그냥 헤어질 수 없다는 여운이 모두에게 감돌았다. 내가 호기롭게 제안했다.

"계수씨! 내가 이곳 근처 두물머리에 분위기 좋은 카페를 한 곳 알고 있어요. 거기 가서 샴페인 한잔해야 할 것 같은데 어떻게 생각하세요? 오늘 축하해야 할 일이 너무 많네. 한잔하시지요. 내가 쏘겠습니다."

이경욱과 김완구가 좋다고 박수를 쳤다. 김완구 부인도 활짝 웃으며 화답했다.

"정 사장님이 쏘시겠다니 기꺼이 과녁이 되겠습니다. 이왕이면 세게 맞겠습니다."

우리는 기분 좋게 웃으며 두물머리로 자리를 옮겼다.

7

세노야

운길산역 앞의 구 중앙선 단선 철로가 자전거 도로로 만들어져 북한강을 걸어서 건너갈 수 있게 되었다. 그 다리에서 대성리 쪽으로 북한강을 바라보면 그만한 절경이 없다고 할 만큼 풍광이 좋았다.

운길산역 주차장에 차를 주차하고 우리 일행은 그 다리를 걸어서 건넜다. 두물머리에 수변 공원이 조성되면서 분위기가 그럴듯한 카페가 서너 군데 생겼다. 그중 하나가 생음악을 할 수도 있고, 와인이랑 커피 맛이 좋다고 소문난 곳이었다. 그 카페에 들어가 창가에 자리를 잡았다.

창밖으로 운길산 위의 수종사가 강 건너 멀리 보였다. 저녁엔 두물머리 앞 팔당호에 비치는 석양 노을이 아름답게 보이는 자리였다. 데이트를 즐기는 남녀 두어 쌍의 테이블 외에는 빈자리가 많았다. 고즈넉한 분위기에 그리그의 〈솔베지의 노래〉가 잔잔하게 깔리고 있었다.

그 카페의 옥호屋號는 '세노야'. 어느 시인이 어부들이 부르던 노동요를 가지고 만든 시의 제목을 카페 이름으로 사용한 운치 있는 장소였다.

세노야 세노야
산과 바다에 우리가 살고
산과 바다에 우리가 가네

세노야 세노야
기쁜 일이면 저 산에 주고
슬픈 일이면 님에게 주네

세노야 세노야
기쁜 일이면 바다에 주고
슬픈 일이면 내가 받네

세노야

산과 바다에 우리가 살고

산과 바다에 우리가 가네

이 시에 서울대 음대 출신 김광희가 곡을 붙이고 노래를 양희은이 불러 히트했다. 어느 시인의 이야기로는 남해의 멸치잡이 어선에서 어부들이 고된 작업 중에 부르던 노래라고 했다.

멸치 그물을 후리고 끄는 선상 노동은 노래 없이는 불가능할 정도로 힘든 작업이다. 그때 어부들이 어부가로 노래를 하는 중 후렴으로 '세노야, 세노야'라 부른다.

노래 〈세노야〉는 조영남, 최백호, 최양숙 등 유명 가수들이 즐겨 부르기도 했지만, 방송에서 처음으로 노래를 한 이는 작곡가인 김광희다. 이 노래가 방송 전파를 타고 세상에 퍼지기 시작한 때가 1970년이었으니 오래된 명곡이다.

모두 자리를 잡고 앉자 내가 주문했다. 모젤와인인 마주앙 스페셜을 골랐다. 이경욱도 와인 리스트를 뒤적이더니 추가로 샴페인 한 병을 더 주문했다.

"오늘같이 좋은 날은 샴페인을 한 방 터트려야지!"

이경욱은 목소리를 낮춰 말했다.

"오늘 정 사장 얘기를 들어 보니깐, 내 마음속 깊이 상처로 남아 있던 줄리아에 대한 빚을 캠코 사장이었던 자네가 갚아 준 셈이야. 일찍 알아 모시지 못해 이 자리를 빌려 사과합니다. 그리고 고맙다는 인사를 오늘 해야겠네. 오늘 이 2차 자리는 정 사장이 쏘는 것으로 하고, 계산은 내가 하겠네. 어때요? 합리적이지요?"

김완구와 부인이 잇달아 대답했다.

"아주 좋은 생각이야. 뱅커 출신답게 경우가 바르구만!"

"이 회장님이 사업도 성공하시고, 마음에 남아 있던 앙금도 털어버리셨으니 대찬성이에요."

퐁! 샴페인 마개가 튀어 오르면서 경쾌한 소리가 났다. 넘쳐흐르는 샴페인을 길쭉한 유리잔에 받은 김완구 부인이 돌출성 발언을 했다.

"오늘 저도 한잔하고 좀 취해도 되지요?"

모두 이구동성으로 대답했다.

"그럼요!"

"이 사람 때문에 그동안 마음을 졸이며 살았는데, 이제 퇴원해도 좋다고 하니깐 너무나 홀가분하고 기쁘네요. 와주셔서 거듭 감사드려요."

나도 기쁜 마음을 감추지 않고 표현했다.

"이거 말로만 생색내고… 줄리아 얘기도 내 칭찬 일색이고…. 오늘 내 생일 잔치 같네. 아무튼 누가 돈을 내든 오늘 때려 마시자구요!"

창밖에선 두물머리의 상큼한 강바람이 강변을 따라 넓게 펼쳐진 갈대밭을 어루만지며 지나갔다. 나는 벌떡 일어나 건배사를 외쳤다.

"자! 우리 다 같이 이렇게 좋은 날 축배를 듭시다. 트링켄지!"

목소리가 조금 컸는지 일부 손님들이 웃으며 잔잔한 박수를 보냈다. 나와 이경욱의 목소리가 큰 편이라 가끔 민망한 실수를 한다. 나도 모르게 나의 애창곡 조수미 버전의 〈애니 로리〉를 흥얼거렸다. 기분 좋게 취했을 때 나오는, 유치하다고 할 만한 내 버릇이었다. 참고로 〈애니 로리〉는 스코틀랜드 민요다.

김완구가 부인이 〈세노야〉를 듣고 싶어 한다고 주인에게 부탁했다. 노동문제 전문가인 김완구가 노동요 〈세노야〉로 이 멋있는 자리를 축하하고 싶었던 모양이다. 김완구 부인이 남편 허리를 쿡 찌르더니 눈을 찡긋하며 말했다.

"이 사람이 오랜만에 취하더니 술버릇이 나오네요. 취하면 〈세노야〉를 불러달라고 저를 조르거든요. 아무튼 우리 김 박사, 불콰해진 얼굴로 〈세노야〉를 듣고 싶어 하니 제 기분이 하늘로 날아가는 것 같네요."

양희은의 노래 〈세노야〉가 잔잔하게 실내에 깔리자, 실내 분위기는 오히려 흥겨움에 빠져들었다.

두물머리에서 기분 좋은 파티를 하고 우리는 각자의 일상으로 돌아갔다. 김완구는 우리와 헤어지고 얼마 안 있어 퇴원했다. 지금은 서울에서 자신의 전공인 노동경제학 관련 교재를 집필하고 있다. 이경욱은 개혁적인 경영으로 괄목할 만한 실적을 올린 성과를 인정받아 미국 본사로부터 연임 통보를 받았다. 다음 미국에 갈 때는 같이 가서 줄리아를 만나 회포를 풀자고 허풍 섞인 약속을 했다. 나는 여전히 붓글씨 연습으로 마음의 평화를 유지하며 대학 강의에 나가고 있다. 우리 셋은 시간이 허락하는 대로 가끔 만나 옛이야기로 젊음을 되찾으려 하고 있다.

〈세노야〉 작곡가 김광희 교수가 김완구 부인이라는 사실을 두물머리 파티를 끝내고 서울로 돌아온 얼마 후에 알았다. 이경욱과 두물머리에 다녀온 이야기를 백명수 교수 등 친구들에게 했더니, 백명수가 그날 모임을 부러워하면서 뜻밖의 발언을 했다.

"그 김광희 작곡가가 바로 완구 부인이야! 자네하고 경욱이 둘 다 그 사실도 모르면서 헛소리만 해댔군!"

백명수는 파안대소하며 말을 이었다.

"그것도 모르고… 그날 천하의 수재 경욱이와 행정의 달인 다경이 자네가 바보가 된 날이었구만. '바보들의 행진', '소공동의 이솝우화'가 아니고 뭔가? 하하하!"

나는 요즈음 살맛 나는 하루하루를 살고 있다. 수시로 친구들과 어울려 산으로, 들로, 강변으로 나간다. 오늘은 혼자서 강변을 걷고 있다. 삼십여 년 전의 사건을 내 나름대로 정리하고 이야기 형식으로 꾸며 봤다. 내가 당초에 구상했던 것만큼은 아니지만 그러면 또 어떤가. 충분하지 않다는 걸로 내 능력의 한계를 절감하면서 더 나은 내일을 기대하면 되지 않을까. 노력하며 사는 만큼 내일은 능력의 한계 따위 느낄 새가 없지 않을까.

작가의 말

2023년 11월에 첫 장편소설《오로라와 춤을》을 내고 과분한 찬사를 들었다. 장편소설 데뷔작가로서는 최고령이라느니, 평생 경제정책을 다룬 사람이 연애소설을 쓰는 감수성을 보여 놀랍다느니 하는 반응이었다.

2년 만에 다시 경장편소설《그날, 우리의 시간은 거꾸로 흘렀다》를 낸다. 세는 나이로 여든을 맞는 해이니 뭔가 의미 있는 족적을 남겨야겠다는 열정으로 집필한 결과물이다.

소설이란 장르의 큰 그릇 속에 팩트와 허구를 함께 녹여 새로운 생명체로 탄생시키려 노력했다. 어느 부분이 팩트냐 아니냐 따지는 일은 그리 중요하지 않다고 본다. 소설 자체가 갖는 미학적 구조와 가치를 독자 여러분이 살펴주시길 바란다.

상상력의 산물인 소설이 때로는 팩트보다 더 진실에 가깝다는 주장이 있다. 그래서 소설의 허구세계를 '가공架空의 진실'이라 칭하지 않는가. 프란츠 카프카의 작품 《변신》에는 어느 날 갑자기 벌레로 변한 청년이 등장한다. 가족들은 처음엔 충격을 받지만, 세월이 흐를수록 이에 적응하고 이 청년은 골방에서 고립된 채 벌레의 삶을 이어 간다. 허구임이 뻔하지만 소외된 현대인의 심각한 고뇌를 실감 나게 묘사했기에 공감을 준다.

《그날, 우리의 시간은 거꾸로 흘렀다》엔 내가 젊은 시절에 가졌던 문제의식이 투영돼 있다. 소설이라는 장치로 이 문제의식을 반추했다. 그리고 그 시대, 나라를 위한 나름의 '용기'로 뭉쳤던 친구들의 이야기가 곳곳에 스며들어 있다.

첫 소설을 낼 때는 필명 '정다경'을 썼으나 이번엔 본명을 달았다. '다경茶耕'은 나의 아호다. 올해 나와 함께 팔순을 맞은 아내의 건강을 기원하고, 집필 활동에 성원을 아끼지 않은 두 딸 내외에게 감사드린다.

독자 제현의 따가운 편달鞭撻을 기꺼이 받겠다.

2025년 11월 여든 언저리에

다경 정재룡

그날, 우리의 시간은 거꾸로 흘렀다

1판 1쇄 인쇄   2025년 11월 3일
1판 1쇄 발행   2025년 11월 10일

지은이   정재룡
펴낸이   김병우
펴낸곳   생각의창
주소   주소 서울 서대문구 거북골로 120, 204-1202
등록   2020년 4월 1일 제2020-000044호

전화   031)947-8505
팩스   031)947-8506
이메일   saengchang@naver.com

ISBN 979-11-93748-10-7 (03810)